Wilhelm Lissner

Verwehte Spur

Cover: Perry Payne
Bildlizenzen: adobe stock
Korrektorat/Lektorat: Petra Liermann
Verantwortlich für den Inhalt des Textes
ist der Autor Wilhelm Lissner

© 2020 Lissner, Wilhelm
Herstellung und Verlag: BoD – Books on Demand, Norderstedt
ISBN: 9783752604511

Die Deutsche Nationalbibliothek verzeichnet diese Publikation in
der Deutschen Nationalbibliografie; detaillierte bibliografische Daten sind im Internet über http://dnb.dnb.de abrufbar.

Vorwort

Ich bin in einer Zeit aufgewachsen, in der der Zweite Weltkrieg nur noch in der Schule und sehr selten in der Erinnerung einiger Verwandten eine Rolle spielte. Mein Großvater ist wahrscheinlich irgendwo in Russland gefangengenommen worden, aber da ich auch meine Großmutter mütterlicherseits schon mit neun Jahren verloren habe, habe ich bewusst kaum etwas von den Erzählungen mitbekommen.

Mein Vater, der aus der späteren DDR floh und den Russen entkommen wollte, als er eigentlich noch in die Schule gehört hätte, erzählte ebenso wenig. Und wenn, dann waren es keine Erlebnisse, die mit dem Kampf und dem Kriegsgeschehen in direktem Zusammenhang gestanden hätten. Und so wuchs ich auf mit dem, was man in der Schule lernt, Berichterstattung im Fernsehen, die von Zeit zu Zeit lief, dem »Tagebuch der Anne Frank« und anderer Literatur und Filmen wie »Schindlers Liste«. Auch Krieg oder auch nur kriegsähnliche Zustände habe ich nie direkt erfahren. Meine einzigen bedrohlichen Erlebnisse bestanden höchstens in meiner Anwesenheit in Ägypten, als der »Arabische Frühling« Einzug hielt oder nach dem Fußballspiel während der Weltmeisterschaft in Lens, als ein Polizist getötet wurde und ich mich vor einer aufgewühlten Menge in Sicherheit bringen musste. Gewalt ist mir nicht fremd, aber die Dimensionen eines Krieges dürften meine Kenntnisse nie erreichen.

Die meisten von uns sind in Friedenszeiten aufgewachsen und werden so erzogen, dass sie doch eigentlich unterbewusst oder auch offen jedem einen Vorwurf machen, der damals für das Dritte Reich gekämpft hat. Wir können diese Menschen nicht verstehen, können nicht nachvollziehen, warum sich niemand gewehrt hat, und kommen eigentlich auch nie mit dem »Ottonormalverbraucher« von damals in Berührung. Ebenso wenig wie mit der Notwendigkeit, einen anderen Menschen töten zu müssen oder der dauernden Angst, einfach so durch eine Bombe oder ein Maschinengewehr von einer uns fremden Person umgebracht zu werden, weil wir einfach Bürger eines bestimmten Landes sind.

Als ich Wilhelm Lissner um einige Ecken herum kennenlernte, war ich sehr skeptisch. Ein Mann, der mit sechzehn noch in den

Krieg gezogen ist, war mir noch nie begegnet. Und ich dachte bei mir, dass er ja eigentlich schon gewusst haben musste, was da alles so in Deutschland lief. Warum hatte er gekämpft, warum hatte ein so intelligenter Mann nicht erkannt, was für uns heute so offensichtlich ist? Und vor allen Dingen: Was war in all den Soldaten vorgegangen?

Nun, als ich sein Buch las, wurde ich nicht enttäuscht, denn ich bekam mehr Antworten, als ich vielleicht wollte. Es fühlt sich für uns komisch an, wenn wir plötzlich Mitgefühl mit denjenigen entwickeln, die wir eigentlich verurteilen sollten. Und es stellt für einen langen Moment die Welt auf den Kopf, wenn man plötzlich mit denen fühlt, die man für emotionslose Unmenschen hielt. Wenn man feststellt, dass Täter vielleicht Opfer waren. Oder wenn man in eine Gefühlswelt Einblick erhält, von der man bisher keine Ahnung hatte.

Während des Korrektorats dieses Buches (von Lektorat möchte ich bewusst nicht reden, denn ich habe versucht, möglichst nichts zu verändern) hat sich meine Sicht auf die Menschen im Dritten Reich verändert. Nicht meine Meinung zu den Greueltaten, die verübt wurden, aber doch die Sicht auf die, die da als »normale« Soldaten gekämpft haben. Und vor allen Dingen hat mir das Lesen dieses Buchs eins gegeben: einen wertvollen Einblick in das Leben im Krieg und eine völlig neue Bedeutung dessen, was Krieg mit Menschen macht.

Ich halte es für sehr wichtig, diese Erinnerungen in dieser Form in einem Buch zu dokumentieren, solange wir noch Menschen unter uns haben, die darüber aus erster Hand berichten können. Wir leben schon sehr lange in Europa in Frieden und erst Bücher wie dieses, was Sie nun in der Hand halten, können uns wirklich wertschätzen lassen, was uns vergönnt ist.

Zum Abschluss: Ich möchte Herrn Lissner für seine Offenheit danken, für seinen Mut, sich zu erinnern, und für seinen Willen, alles Erlebte noch einmal zu erleben, um es vor dem Vergessen zu bewahren.

Ich wünsche Ihnen viel Freude beim Lesen!
Petra Liermann

..___..___ Route der Radtour September 2002

_____ Route des Kriegsgefangenenmarsches
Ende April/ Anfang Mai 1945

Der Plan

Seit vielen Jahren schon hatte er es sich vorgenommen und immer wieder vor sich hergeschoben. Er hatte manches Mal darüber gesprochen, er hatte Zustimmung – nicht selten begeisterte Zustimmung – ebenso wie diskrete Zurückhaltung oder gar Einsprüche erfahren.

»In deinem Alter willst du noch so etwas unternehmen? Übernimmst du dich damit nicht?«, musste er sich etwa sagen lassen. Doch solchen bedenklichen Einwänden hörte er nicht gerne zu. Gewiss, er war alt, aber sicher nicht uralt. Für seine Jahre war er eigentlich noch sehr fit, er fühlte sich rundum wohl und fähig, noch weit mehr zu unternehmen. Sein Herz war in Ordnung – überhaupt, sein Gesundheitszustand war kein bisschen eingeschränkt. Verständlich, dass er den Gesprächen mit anderen Freundinnen und Freunden viel eher zugetan war, wenn sie etwa sagten: »So eine Reise finde ich ja ganz toll! Das ist für dich noch mal eine richtige Herausforderung. Da würde ich glatt mitmachen.«

Herausforderung? Ein Stichwort, das nicht nach »sich in sein Alter fügen« klang oder gar den Geruch jener abgegriffenen Formel enthielt, die so viele Alte für sich in Anspruch nahmen: »Ich habe mein Leben lang genug getan, jetzt habe ich mir die Ruhe verdient …« Nein, so ein starkes Wort baute Illusionen auf, ließ ihn sein Vorhaben noch stärker vorantreiben, verpflichtete geradezu, es dieses Mal wirklich durchzuführen.

Bei der physische Seite seines Vorhabens handelte es sich nach seiner eigenen Sicht sogar um eine relativ einfache Sache. Dies umso mehr, als dass er seine ganze Lebenseinstellung, seinen Lebensrhythmus eher sportlich-locker ansah. Er war ganz sicher nicht der Typ des verbissenen reinen Naturburschens. Im Gegenteil: In ausreichendem Maße beteiligte er sich auch am kulturellen gesellschaftlichen und sozialen Leben. Dann kleidete er sich so, wie es seriöse ältere Herren zu tun pflegten: Anzug, Oberhemd und Krawatte, dann und wann Mantel und Hut … Gut angezogen fühlte er sich ebenfalls wohl, aber wenn er es genau abwog, fühlte er sich schon wohler im flotten Outfit.

Er hielt sich mit altersgerechten Sportarten einigermaßen fit, war wohl auch etwas durchtrainiert und gab – zumindest wie er es sich selbst einredete – eine ziemlich gute Figur ab. Manche Freunde sahen ihn sogar als schlank an.

Na ja, dachte er dann, *das ist wohl stark übertrieben.* Immerhin freute er sich, beiläufig so etwas zu hören.

Alles in allem, mit dem, was er unter Lebensqualität verstand, war er sehr zufrieden. Er mochte seine fröhlichen blauen Augen, wusste, etwaige Makel an seinem Äußeren gut zu kaschieren, und lebte einigermaßen gesund. Dennoch musste er sich eingestehen, dass er keinen Freibrief für noch lang andauernde Gesundheit besaß. Es würde ihm gewiss nicht mehr unbegrenzt Zeit bleiben, seinen Plan in die Tat umzusetzen. Er würde, so Gott wollte, noch genügend Zeit haben, die Welt zu erkunden. Solche Reisen könnte er selbst noch mit 80 oder 85 Jahren machen, dafür bedurfte es im Gegensatz zu dem jetzt geplanten Trip keiner besonderen Fitness. Doch diese Reise würde ihn nicht nur körperlich fordern. Es waren psychische und geistige Hintergründe, die er seinen Plänen und Empfindungen ebenso stark zugrunde legte: Es war die Erinnerung an eine schwere und beklemmende Zeit, die er in frühester Jugend hatte erfahren müssen. Es waren die verwehten Spuren eigener Vergangenheit in den letzten zwei, drei Wochen des schrecklichen Krieges Ende April/ Anfang Mai 1945, die er jetzt greifbar deutlich machen wollte. Erlebnisse, die damals in den letzten Kriegswochen die jugendliche Zeit geprägt, das jugendliche Herz erschüttert hatten, ließen sich lebenslang nicht einfach auf die Seite schieben, ja, in den jungen Jahren hatten sie ihn schon belastet. Und diese Erinnerung war es ihm wert, sein nicht gerade alltägliches Unterfangen jetzt umzusetzen.

Er wusste, wenn er mit dem Fahrrad jene Straßen und Pfade, darunter Wege, die er in tiefer Erniedrigung gegangen war, erneut nachzeichnen würde, könnte er die Last, die ihm vor mehr als einem halben Jahrhundert aufgebürdet worden war, vielleicht abstreifen. Er wollte das Land, damals gezeichnet von verbrannter Erde, von Elend und Not, getränkt vom Blut ungezählter Opfer eines sinnlosen Krieges, er wollte dieses Land und seine Bewohner, die heute in Frieden und Freiheit leben konnten, wiedersehen.

Und er konnte dennoch auch Angenehmes damit verbinden. Denn er würde den Spuren des Dichters Theodor Fontane folgen, der dieses Land, die Mark Brandenburg, viele Jahrzehnte vor dem Zweiten Weltkrieg bereist hatte. Und er hoffte, dass er nach seiner Reise in vierzehn Tage würde sagen können: »Es hat sich gelohnt!«

In der Region Fläming

Rangsdorf, zwischen Zossen und Baruth, Märkisches Land

Rangsdorf – gute zwanzig Kilometer südlich von Berlin Zentrum gelegen – war eine Kleinstadt in Fläming, einer Region der Mark Brandenburg. Das war der Ausgangspunkt für Martins Radtour, die von den Spuren der Vergangenheit geprägt sein sollte. Ob auch Fontane durch diese Gegend gewandert war, wusste er nicht. Für Martin war das auch im Augenblick nicht so wichtig. Fontanes Wege würde er noch oft genug kreuzen.

Die Kleinstadt war im Verlauf der letzten 50 Jahre ständig gewachsen. Westlich, mehr aber noch östlich der Eisenbahnlinie, die ziemlich genau in Nord-Süd-Richtung verlief, entstanden durch Wohnsiedlungen, die heute das Ortsbild prägten. Und gleich hier fand Martin bereits etliche Straßen, die ihm einen Vorgeschmack auf die Eigenheiten des Brandenburger Landes gaben; hier durfte er schon erstmals ahnen, was ihm in der Märkischen Heide, im Märkischen Land noch begegnen sollte. Viele Straßen stellten sich bereits als Wege dar. Wege im Märkischen Sand. Waren sie auf einer Seite mit schönen Häusern im ländlichen Stil bebaut, so war die andere Seite dagegen oft mit knorrigen Kiefern bewachsen. Das zeichnete bereits jenes Bild, das sich ihm in Zukunft noch so oft vorstellen sollte.

Schon hier, gleich zu Beginn seiner mehrere hundert Kilometer langen Fahrt so einem Idyll zu begegnen, das erfüllte Martin mit großer Freude. Aus alten Beschreibungen und von alten Fotos her wusste er bereits, dass Kiefernreihen am Wege sich oft zu ganzen Kiefernwäldern erweitern sollten und dass wenig befahrene Straßen sich als prächtige Alleen darstellen würden.

Martin fuhr aus dem schönen Auftakt seiner Tour auf die Bundesstraße hinaus, die in Nord-Süd-Richtung, von Berlin kommend, östlich an Rangsdorf vorbei über Zossen, Wunsdorf, Baruth, letztlich in die Lausitz führte.

Schicksalhaft für Martin waren freilich die paar Kilometer zwischen Zossen und Baruth. An diesem Streckenabschnitt, der auf östlicher Seite von einer kleinen, vielleicht zwanzig, dreißig Meter über Straßenniveau sich hinziehenden Anhöhe begrenzt wurde, begann die Geschichte, die in seiner frühen Jugend so bedeutsam gewesen war. Die verwerflichen Höhepunkte stellte, die im Verlauf weniger Wochen gar seinem jungen Leben ein gewaltsames Ende hätten setzen können. Die Geschichte einer Zeit, die verlorene Kinderjahre zu einem schrecklichen Ende geführt hatte.

Erster Kriegseinsatz, Zossener Heide/ Baruther Urstromland, um den 20. April 1945

Wir hatten auf dem Hügel an der Straße nach Baruth unsere Position bezogen. Wir, das waren die Männer des Reichsarbeitsdienstes – kurz RAD genannt – die in einem Lager in der Nähe von Wunsdorf für die Verteidigung Deutschlands, mehr noch, für »die Erringung des Endsieges« in wenigen Tagen ausgebildet worden waren. Dreihundert oder vierhundert Jungen von fünfzehn oder sechzehn, höchstens aber siebzehn Jahren waren es, die, gerade den Kinderschuhen entwachsen, nun Männer sein sollten. Männer, die den Krieg noch zugunsten Deutschlands entscheiden sollten, Männer, die den »Endsieg über die Feinde des Großdeutschen Reiches« erringen sollten.

Der Reichsarbeitsdienst war eine Organisation in der nationalsozialistischen Hierarchie, deren Angehörige zwischen den Lebensabschnitten der Hitlerjugend und der Wehrmacht standen. 1935 gegründet, war es die Hauptaufgabe dieses Verbandes, die 18- bis 25-jährigen Männer und Frauen zur Handarbeit anzuleiten. Sie hatten Erdarbeiten wie etwa die Bodenkultivierung zu verrichten und sie sollten damit letztlich zur »nationalsozialistischen Arbeitsauffassung und Volksverbundenheit« erzogen werden.

Die braune Uniform mit der Hakenkreuzarmbinde – sie sangen in einem Marschlied: »… braun wie die Erde ist unser Arbeitskleid« – und der Spaten waren Merkmale der »Arbeitsmänner«. Und es gab eine Führungs- und Befehlsrangordnung, die in etwa mit der der Wehrmacht vergleichbar war. Nach 1940 waren die Aufgaben mehr und mehr den Erfordernissen untergeordnet worden.

Bald gehörte auch eine militärische Grundausbildung zum RAD Programm, 1945 schließlich war der Reichsarbeitsdienst praktisch eine Wehrmachtsabteilung.

In unserem Lager hatten wir das sehr deutlich erfahren. Wir hatten nichts mehr mit Erdarbeiten zu tun, wir brauchten weder Spaten noch Spitzhacke noch andere Arbeitsgeräte. Unsere Ausbildung war ausschließlich nur noch rein militärisch: Jeden Tag ging es auf den Schießstand, daneben Waffenpflege, Waffenkunde, Geländeübungen im Feld, theoretischer Unterricht in »Kriegsführung« … Mit dem frühen »echten Arbeitsdienst« waren wir nicht mehr vergleichbar.

Am frühen Morgen waren wir, kampfeinsatzfähig ausgerüstet und mit Marschverpflegung versorgt aus dem Lager herausmarschiert. Wir bezogen diese Anhöhe über der Straße. Wir hatten Schützengräben ausgehoben, hatten unsere Stellung gefechtsmäßig ausgebaut und konnten nun auf dem Einsatz warten, der weniger Angriff als mehr Abwehr sein würde. Unser Verband der Arbeitsmänner war verstärkt worden durch Jugendliche, die tatsächlich noch Kinder waren, dreizehn oder vierzehn Jahre mochten sie zählen. Vielleicht waren sogar noch Jüngere dabei. Diese Jungen der »Hitlerjugend« und des »Jungvolks«, diese Pimpfe waren aus den heimischen Kreisen ringsum durch die NSDAP-Führer hierher befohlen worden. Und ebenso gab es hier in der Stellung alte Männer, jenseits von fünfundfünfzig oder sechzig Jahren. Das waren die Kämpfer des »Volkssturmes«, einer Organisation, die erst in den letzten Kriegsmonaten als die Fronten im Westen wie im Osten sich energisch dem deutschen Territorium näherten, ins Leben gerufen worden waren. Durfte man unsere Ausbildung beim Arbeitsdienst schon als schwach ansehen, durften wir unsere Bewaffnung eher als bescheiden einstufen, dann konnte man Ausbildung und Ausrüstung des Volkssturmes direkt vergessen. Aber der NS-Führung des Deutschen Reiches, dem menschenverachtenden System, das sein eigenes Ende vor Augen hatte, zählten in diesen letzten Wochen Menschenleben nichts mehr. Neben den regulären Truppen der Wehrmacht wurden Kinder und Alte in den aussichtslosen Kampf geschickt, wurde nicht mehr danach gefragt, wie viel Tausende weiterer Opfer dieses sinnlose Kriegstreiben noch dahinraffen sollte.

Vom Mittag an, zunächst in vereinzelten kleinen Gruppen, zum Nachmittag dann in immer größeren Verbänden trotteten unten auf der Straße Soldaten der deutschen Wehrmacht dahin. Sie kamen vom südlich gelegenen Baruth und marschierten nach Norden, nach Berlin. Früher einmal, mit dem Beginn des Angriffs gegen die Sowjetunion am 21. Juni 1941, waren sie kämpfend und siegend ostwärts gezogen, einem fliehenden Feind hinterherjagend. Und dann war der Winter 42/43 gekommen, der russische Winter, »Väterchen Frost«, mit klirrendem Eis und Schnee, mit Tiefsttemperaturen, wie man sie von Deutschland her nicht kannte. Und dann war im Februar 1943 die Niederlage von Stalingrad gekommen. 150 000 Soldaten waren verblutet, 90 000 waren in die Kriegsgefangenschaft marschiert, wie viele davon würden wohl die Heimat noch einmal wiedersehen? Schließlich hatte dann die Schneeschmelze die endlosen Weiten Weißrusslands in eine Schlammwüste verwandelt. Und damit war die Wende des Krieges gekommen, mit der die Jäger der vergangenen Jahre zu Gejagten geworden waren. Sie hatten Russland aufgeben müssen, hatten sich durch Polen zurückgezogen, Ostpreußen verloren, die Weichsel nach Westen überquert und dann auf deutschen Gebiet immer weiter zurückziehen müssen. Über die Oder, durch das Oderbruch, waren sie von der Roten Armee verfolgt worden … Jetzt zogen die einstigen siegreichen Truppen an uns vorbei, Soldaten einer geschlagenen Armee.

Unser Arbeitsführer – bis zum Tag davor noch oberster Rangträger eines RAD-Lagers, nun Kommandeur einer Kriegseinsatztruppe – rief von der Höhe aus immer wieder den vorbeiziehenden Truppen zu: »Soldaten! Kommt her zu mir! Verteidigt mit uns diesen Zugang nach Berlin! Kommt herauf, hier ist eure Stellung!«

Aber die Soldaten lächelten nur und zogen weiter, immer weiter nordwärts nach Berlin. Und unser Kommandeur schrie wieder: »Ihr wollt doch einen alten Arbeitsführer nicht im Stich lassen? Kameraden! Kommt, wir brauchen euch! Kommt hierher!«

Sie zogen weiter, die Landser, sie kniffen sich untereinander ein Auge zu, sie grinsten. Der Arbeitsführer auf dem Hügel kümmerte sie einen Dreck.

Am Nachmittag verebbten langsam die Ströme der Soldaten, die unten auf der Straße nordwärts dahinzogen. Es war bestimmt nicht anzunehmen, dass sie sich irgendwo würden absetzen können. Wenn der Krieg auch so gut wie verloren war, er war noch nicht vorbei. Bis zu seinem bitteren Ende würden leider Gottes noch zehntausende Soldaten und noch tausende ziviler Bewohner dieses Landes Not, Entbehrung und den gewaltsamen Tod erleiden müssen.

Ich nahm an, dass sich die Soldaten im Süden und Osten Berlins sammeln würden, um eine letzte starke Abwehrfront im Kampf um die deutsche Hauptstadt zu bilden. Damit ließ sich wohl auch das überlegene, müde Lächeln erklären, das die erfahrenen Landser für den Arbeitsführer auf dem Hügel übrig hatten. Sie werden unsere Stellung als verlorenen Posten angesehen haben.

Aus der Ferne grollte leise der Geschützdonner, der erbarmungslose Lärm des Krieges, zu uns herüber. Aber er hatte sich im Laufe des Tages zu einer Geräuschkulisse herabgemindert, die man gar nicht mehr richtig gewahrte. Was man verspürte, hier, auf der kleinen Anhöhe, das war im Augenblick das Unmittelbare, das waren die Bilder und der Geräuschpegel der dahinziehenden Soldaten. Und als diese Sinneseindrücke geringer wurden, als der Klang von Stiefeln auf Straßenpflaster leiser wurde und schließlich ganz ausfiel, da wurde die auftretende Ruhe unheimlich. Es war nicht die freundliche Ruhe aus Kindertagen, nicht die romantische Ruhe der Erwartung, die der Jugendliche in glücklichen Zeiten empfindet. Nein, diese Ruhe wirkte kalt, sie wurde eisig. Sie erfüllte den Raum über dem Hügel mit einem drohenden Gefühl, sie zerrte an den Nerven der unerfahrenen RAD-Männer, sie verbreitete Angst, die sich in den Gesichtern mancher der ganz jungen Leute abzeichnete. Sie ließ die alten Volkssturmmänner unruhig werden. Einige liefen aufgeregt, angespannt hin und her, sie mussten immer wieder von den Unterführern in die Schützengräben verwiesen werden. Unter den Heranwachsenden, den Jugendlichen der Hitlerjugend gab es jedoch auch einige wenige, die es kaum erwarten konnten, endlich dem Gegner entgegenzutreten, endlich zu kämpfen und die »Feuertaufe« zu erhalten, endlich den Feind zu schlagen. Sie hatten zeit ihres jungen Lebens im nationalsozialistischen Unterricht immer und immer wieder vom Heldentum gehört und vom Sterben gesungen. Verführte Kinder, denen eine kriegsverherrlichende Propaganda ständig vorgegaukelt hatte, dass der Heldentod das höchste Ziel eines deutschen Jungen wäre, dass der Tod für Führer, Volk und Vaterland die größte Ehre, die Erfüllung des Lebens sei. Einer meiner Stubengenossen, der Arbeitsmann Walter aus Ludwigsfelde – Ironie des Schicksals: Sein Zuhause war kaum zwanzig Kilometer entfernt – lief mit seinem geschulterten Gewehr oberhalb des

Grabens hin und her und sang ständig das Lied: »Kamerad, es ist so weit … Habe Dank für die schönen Stunden!«

Und dann war es wirklich so weit: Über die Ränder unserer Schützengräben sahen wir in den späten Nachmittag hinein, etwa knapp fünfhundert Meter entfernt machte die Straße eine kleine Linkskurve, ihr weiterer Verlauf war von hier aus nicht mehr einsehbar. Und von dort her vernahm man nun, dem Widerhall des fernen Frontlärms gleichsam, aufgesetzt ein neues, näheres Geräusch: klirrende Ketten von Panzerfahrzeugen, Geräusche, wie man sie schon im Kino in der Wochenschau vernommen hatte – und jetzt wurde das Filmgeschehen zur unheimlichen Wirklichkeit. Und gleich darauf bogen sie aus der Straßenkurve heraus in unser Gesichtsfeld: Drei … vier … fünf … sieben sowjetische Panzer mit drohenden Geschützen tauchten da unten auf. Sie schienen direkt auf uns zuzufahren. Würden die Panzerbesatzungen von unserer Stellung gewusst haben: Eine einzige geballte Salve aus ihren Kanonen und von unserem Hügel samt seiner Verteidigungsmannschaft hätte man nichts mehr wiedergefunden.

Aber dazu kam es nicht. Denn plötzlich, wie aus heiterem Himmel, flammten wenige Meter vor dem ersten Panzer aus dem Straßengraben heraus drei, vier Rückstoßfeuersäulen von Panzerfäusten auf. Dieses Kampfmittel, die »Panzerfaust«, hatte sich in den letzten Kriegsmonaten als erfolgreiches Panzerabwehrgeschoss herausgebildet. Richtig bedient – was allerdings absolut unerschrockene, weder Tod noch Teufel fürchtende Kanoniere voraussetzte – hatten diese Waffen an allen Fronten des Krieges schon vielfach ihre Wirkung bewiesen. Da es Panzerfäuste auch jetzt noch, gegen Ende des Krieges, in großen Mengen gab, waren auch wir in unserem Arbeitsdienstlager in der Handhabung dieser Wunderwaffen ausgebildet worden. Unser Arbeitsführer hatte in seinem Abwehrplan den Einsatz der Panzerfaust taktisch klug eingebaut. Er postierte einige kaltblütige, wild entschlossene Freiwillige als Panzerfaustschützen in den vorgelagerten Straßengraben. Ihren Kampfeinsatz, den Abschuss der Granaten, hatten wir gerade von unserer Anhöhe aus beobachten können. Aber die Sprengköpfe hatten den Panzer nicht exakt getroffen. Er war nicht in Flammen aufgegangen, wie man es in den Propagandafilmen der Wochenschau gesehen hatte. Die Geschosse hatten scheinbar nicht einmal seine Bewegungsfreiheit eingeschränkt, aber offenbar … Ja, was eigentlich? Was ging in den Köpfen der Panzerfahrer vor? Wie lauteten die Befehle des Panzerkommandeurs? Man hatte das Schlimmste erwartet und sich voller Schrecken die grauenvolle Operation ausgemalt, die nun hätte folgen müssen. Nach einem Fehlschuss hätten die Panzer zu einem furchtbaren Gegenschlag angesetzt, sie würden die Fährte zur Abschussstelle aufgenommen haben, wären darauf zugefahren und würden sich wie ein Kreisel ein paar Mal darüber gedreht haben. Die armen Teufel in dem Erdloch, unter so einem stählernem Koloss … Man durfte das Bild dieses fürchterlichen Manövers nicht zu Ende denken.

Aber diese bittere Vision wurde keine Wirklichkeit, das schlimme Trauma vollzog sich nicht. Stattdessen – es war nicht zu glauben, ja, es war wirklich unglaublich – drehten die wuchtigen T34 bei, sie wendeten. Und genau so, wie sie vor ein paar Minuten in unser Blickfeld gekommen waren, verschwanden sie in der Straßenkurve. Das Geräusch ihrer Ketten wurde leiser und schließlich hörte man nichts mehr davon. Einige unserer jungen Kameraden auf dem Hügel, die Hitlerjugend-Soldaten, waren ganz aus dem Häuschen. »Wir haben sie zurückgeschlagen!«, riefen sie und sprangen herum. Am liebsten wären sie dem Feind nachgeeilt, hätten schließlich einen Sieg erringen wollen. »Sie sind abgehauen!«, schrien sie immer wieder. »Sie sind weg, wir haben sie verscheucht, vertrieben. Die sollen sich ja nicht mehr blicken lassen, wir machen sie fertig!«

Es erschien mir doch recht sonderbar, dass die tonnenschweren Angriffsmaschinen so einfach abdrehten. Die Taktik des russischen Panzerkommandeurs schien mir recht ungewöhnlich, ja, unverständlich zu sein. Eine kleine unbedeutende Abwehrgruppe auf einem Hügel über der Straße … Sollte sie tatsächlich dem Vormarsch der Roten Armee ein entscheidendes Hindernis geboten haben? Sollten wir die schweren Tanks, die legendären T34, die sich trotz ihres Gewichtes von zweiunddreißig Tonnen flink und wendig über die Kriegsschauplätze der vergangenen Monate und Jahre bewegt hatten, sollten ausgerechnet wir diese Ungetüme aufgehalten haben?

Erst später, als ich während der folgenden Tage mit einer Granatwerferabteilung der

Deutschen Wehrmacht Tag für Tag neue Stellungen herrichten musste, als wir uns Nacht für Nacht zurückziehen mussten, als wir uns praktisch auf einem recht kleinen Gebiet von nur wenigen hundert Quadratkilometern hin und her bewegten, schien mir so einiges etwas klarer zu werden. Natürlich wusste ich nicht, ob meine Gedankengänge richtig waren, ob ich die Taktik der Angreifer überhaupt beurteilen konnte. Schließlich war ich kein General, kein erfahrener Stabsoffizier, ja, ich war nicht einmal ein gestandener Soldat, der im Kämpfen, in Vormärschen und Rückzügen ein paar strategische Erfahrungen hätte sammeln können.

Wenn man jedoch den Kriegsverlauf der letzten Monate betrachtete, so war es zunächst einmal Tatsache, dass die Rote Armee im Januar 1945 ihre Großoffensive begonnen und ziemlich schnell Ostpreußen erobert hatte. Im Februar waren die sowjetischen Truppen durch Hinterpommern bis zur Ostsee vorgedrungen und im Süden war Schlesien eingenommen worden. Die ersten Flüchtlingswellen der Bewohner dieser Ostgebiete waren parallel dazu gelaufen. Und da die Flüchtlinge, diese armen Menschen, wegen der uneinsichtigen Einstellung der NS-

Ortsgruppenführer und -Gauleiter ihre Flucht erst viel zu spät hatten aufnehmen dürfen, hatte auch die Zivilbevölkerung schmerzhafte Verluste erlitten.

In den folgenden Wochen hatte Marschall Schukow seine Armee bis zur Oder geführt. Er hatte die Festung Küstrin eingenommen und schließlich mit seinen Soldaten Mitte April die Oder überquert. Er hatte sich damit nur noch siebzig, achtzig Kilometer von Berlin entfernt befunden. Aber diesseits des Stromes, auf dem Gebiet des Oderbruchs bis zu dem leicht hügeligen Gelände um Selow, war es dann zu der wohl bedeutendsten und größten Schlacht des Zweiten Weltkrieges auf deutschem Boden gekommen. Über 12 000 deutsche Soldaten, mehr als 32 000 Rotarmisten hatten in jenem Kampf ihr Leben lassen müssen. Tausende Tonnen schweren Kriegsmaterials waren vernichtet worden, Haus und Hof unzähliger Bewohner dieses Landes waren zerstört. Der grausame Krieg hatte seinen unbeschreiblichen Tribut gefordert, ein Bild des Grauens hinterlassen. Die Auswirkungen dieser Schlacht im Oderbruch sollte ich noch selbst in den kommenden Wochen erfahren.

Vor solchem Hintergrund schien mir die Strategie der sowjetischen Heeresführung schon durchsichtiger. Einer Umklammerung gleich, sollte womöglich die Hauptstadt vom Norden und Süden her in die Zange genommen und eingeschlossen werden, während vom Osten her auf direktem Wege Marschall Schukow sich an Berlin herankämpfte. Aber der Frontverlauf war aus meiner Sicht nicht einheitlich, er war anscheinend nicht so klar überschaubar. Vermutlich sollten kleinere vorgeschickte Panzereinheiten – so wie wir sie gerade erlebt hatten – die Lage klären. Ohne dass sofort größere Infanterieverbände in den Kampf geworfen werden würden. Zu schwer wog der Verlust der zehntausenden Soldaten. Bei geringstem Widerstand wurden dann die Panzer zurückgenommen, ihre Aufklärung war immerhin hilfreich, die taktischen Pläne optimaler zu gestalten. Nun, wie auch immer im Einzelnen die Strategie der Angreifer aussehen mochte, wie auch immer einzelne Kampfhandlungen ausliefen – unsere Situation ließ durchaus eine solche Deutung zu. Umgekehrt ließ sich auch unser Arbeitsführer nicht dazu verleiten, seine Position weiter auszubauen. Womit auch? Er besaß keine schweren, ja nicht einmal leichte Geschütze, er hatte keine automatischen Waffen und unsere Gewehre – scheinbar erbeutete ausländische Schusswaffen von äußerst minderer Qualität – waren so gut wie schrottreif. Und ob unser Anführer überhaupt eingebunden war in das Verteidigungskonzept der Heeresleitung, das mochte ich wohl auch bezweifeln.

Er tat das auch meiner Sicht Vernünftige: Kurz vor dem Dunkelwerden ließ er die paar hundert Arbeitsmänner, Hitlerjungen und Volkssturmmänner sammeln und zu einem Zug formieren. Spähtrupps wurden ausgeschickt, um möglichst ungefährdete Wege zu suchen, und dann gingen wir los. Natürlich marschierten wir nicht, wie auf dem Kasernenhof, in Reih und Glied, mit schweren Schritten, ein Lied auf den Lippen. So viel hatten wir in der kurzen vormilitärischen Ausbildung doch gelernt: Ruhig und leise stapften wir dahin; keine Gespräche, keine Lichter, keine Geräusche, nichts, was irgendwelche Aufmerksamkcit hätte erregen können. Ein paar Stunden vergingen, der Himmel war bedeckt, weder Mond noch Sterne sandten einen schwachen Lichtschein auf die Erde. In unserer Kolonne mussten wir stets wachsam sein. Unsere Führer und Unterführer mussten versuchen, irgendwo auf eine deutsche Abwehreinheit zu treffen.

In völliger Dunkelheit machten wir in einem größeren Waldstück Rast, lagerten uns in kleineren Gruppen unter den Bäumen. Wir waren inzwischen total durcheinandergewürfelt. War schon die kurze Zeit im RAD-Lager nicht lang genug gewesen, sich untereinander persönlich näher kennenzulernen, dann hatte sie erst recht nicht gereicht, gar Freundschaften zu schließen. Jetzt, auf diesen Schleichwegen und an dieser Raststelle, kannte keiner mehr seinen Nachbarn persönlich. Die Wachsamkeit über den ganzen Tag – vom frühen Morgen waren inzwischen mehr als sechzehn, achtzehn Stunden vergangen –, der Marsch, besser gesagt das Dahinschleichen, die psychische Anspannung während der Stunden in Abwehrstellung, nicht zuletzt auch die Angst, doch noch von der Roten Armee eingeholt zu werden, das alles hatte den Nerven arg zugesetzt. Jetzt alles abzuwerfen, alles zu vergessen, sich ungebunden und frei fühlen zu können, das wäre wohl ein erstrebenswerter Ausgleich gewesen, aber so weit durfte man sich dann doch nicht fallenlassen. Alle Sinne bereit, größte Aufmerksamkeit nach allen Richtungen, Hellhörigkeit:

Das waren die Forderungen der nächtlichen Stunde.

Und dann geschah es doch. Nach einem menschlichen Bedürfnis setzte ich mich wieder unter den erstbesten Baum und, erschöpft von den tausend Anstrengungen des Tages, fielen mir die Augen zu. Ein Minutenschlaf – besser noch: ein kurzes Vor-sich-hin-Dösen – hätte es sein sollen. Doch als ich nach diesen Minuten – oder waren darüber doch Stunden vergangen –, als ich nach diesem kurzen Einnicken aufwachte, musste ich voller Schrecken feststellen: Ich war allein! So tief hatte die nervliche Anspannung die unbekannten Kameraden belastet, dass nach dem Zeichen zum Aufbruch jeder sich selbst der Nächste gewesen war, niemand hatte daran gedacht sich umzugucken, leise nach dem Nachbarn zu rufen.

Ich schaute mich um, tastete den Umkreis von einigen Dutzend Metern ab. Ich trat an den Waldrand, um vielleicht doch noch irgendwo etwas von der abziehenden Gruppe zu bemerken. Nichts. Ich war tatsächlich allein. Und ich wusste nicht, ob ich jemals einen der Arbeitsmänner aus dem Lager wiedersehen würde.

Die Nacht war stockdunkel, nicht ein einziger winziger Stern schickte sein schwaches Licht zu mir auf die Erde. Die fernen Kanonenfeuergeräusche vermeinte ich rings um aus allen Richtungen zu hören. Wo, verflixt, wo verlief denn nur die Front? Wo war Norden, wo der Westen? Welche Richtung sollte ich nur einschlagen? *Nicht nervös, nicht unruhig werden. Keine unüberlegten Handlungen!* Leicht gedacht, leicht gesagt, aber ich musste mich dazu zwingen. *Ordne deine Gedanken! Versuche logisch, deine Lage zu beurteilen!* Ich versuchte es. Und danach sagte ich mir, dass es ziemlich sinnlos wäre, jetzt in der Nacht weiterzugehen. Im schlimmsten Falle hätte ich den Russen in die Hände fallen können, nach den Berichten in den Wochenschauen der vergangenen Monate ein verdammt unangenehmer Gedanke. Und überhaupt: »In die Hände fallen« sollte ich von vornherein ganz vergessen. In der dunklen Nacht war ich ja nur ein bewegtes Objekt und das würde wohl eher die Schießwut der Soldaten herausfordern. Auf der deutschen Seite hätte ich vielleicht wegen der Sprache ein wenig bessere Chancen gehabt. Allein, ich konnte mir vorstellen, dass man auch dort nicht gerade zimperlich mit seinen Gewehren oder Maschinenpistolen umgegangen wäre.

Es wurde mir schnell klar, dass ich auf jeden Fall bis zum Morgengrauen warten musste, um zunächst einmal meinen Standort und vor allen Dingen die Himmelsrichtungen bestimmen zu können. Erst dann würde ich weiter entscheiden müssen.

Ich ertastete ein einigermaßen günstiges trockenes Plätzchen unter einem Baum, an seinen Stamm angelehnt lagerte ich mich nieder und hoffte nur, dass nicht ein russischer Spähtrupp oder gar eine ganze Einheit den Wald durchkämmen würde. Und – das war schon staunenswert – ich schlief sogar wieder ein. Ganz offenbar hatte schon dieser eine Tag mit der Geräuschkulisse des Krieges, hatten die Stunden großer Anspannungen, die Erlebnisse der Panzerabwehr, die Bilder der vorbeiziehenden Soldaten, der eigene Rückzug, offenbar hatten schon diese ersten Kriegserfahrungen gereicht, fast einen unempfindlichen Soldaten aus mir zu machen. Ein paar Stunden Schlaf, wenn es auch vielleicht ein unruhiger Schlaf werden würde, ein bisschen eigene Ruhe, das sollte trotz aller möglichen Gefahren schon guttun. Die nächsten Tage würden ganz bestimmt noch so ei-

niges von mir verlangen. Ich schlief tatsächlich ein.

***

Martin kehrte aus der Erinnerung in die
Wirklichkeit seines heutigen Trips zurück. Er
nahm wieder die nördliche Richtung auf und
verließ irgendwo die Bundesstraße. Ein reiner
Wirtschaftsweg führte ihn nun etliche Kilometer weit durch die Felder. Sie waren längst
abgeerntet, man schrieb ja bereits Mitte September. Grobe Stoppeln reckten sich nur noch
aus der braunen Erde in die Höhe – sicher
würden sie schon bald umgepflügt sein. Aus
vereinzelten Gebüschen stoben Vögel heraus,
sie erfreuten den Radwanderer mit ihrem
frohen Morgengruß. Und der Horizont be-
grenzte das grüne Kleid endloser Wälder.

Der frühe Morgen war noch ziemlich frisch
gewesen, nun aber meinte es die Sonne spät-
sommerlich gut. Von einem klarblauen
Himmel schickte sie ihren warmen Gruß auf
die friedliche Erde. Radfahrerwetter! Wenn es
das hielt, was es heute und in diesen Tagen
versprach, dann hätte man mit einem goldenen Herbst rechnen können.

Der Feldweg war noch nicht so optimal, wie ihn sich Radfahrer wünschten. Die in den Boden eingesetzten großen Betonplatten waren an den ursprünglichen Halteösen ausgebröckelt und bildeten dort grobe Vertiefungen. In den ersten Jahren ihrer Anlage mochte diese Plattenverlegung sicher einen ordentlichen glatten Weg gebildet haben. Jetzt aber hatte der Zahn der Zeit daran genagt. Wind und Wetter, heiße Sommer und eisige Winter, die Belastung durch schwere Feldfahrzeuge: Das alles waren wohl Ursachen, dass sich die Platten unterschiedlich gehoben und gesenkt hatten. Sie gaben dem vormals ebenen Pfad zusätzlich harte Stöße. Einem Erntewagen machte das sicher nicht viel aus, einem Radfahrer mit schwerer Belastung auf dem Gepäckträger dagegen … Hier wäre wohl eines der modernen Mountainbikes mit Federung, Gabel, Sattel und Rahmen das Richtige gewesen. Aber Martin waren in seinem langen Radfahrerleben schon schlimmere Wege begegnet.

Nach wenigen hundert Metern hatte er seine Fahrtechnik so im Griff, dass er ziemlich sicher und bei bester Laune daherradeln konnte. Neben dem Vergnügen, so unbeschwert in freier Natur dahinfahren zu dürfen, bot sich ihm plötzlich eine neue, höchst angenehme Überraschung. Hier, mitten auf dem Wirtschaftsweg, in dessen Umgebung die Vögel mit munterem Gezwitscher seine Fahrt begleiteten, klang ein nicht weniger angenehmes Tönen aus der Innentasche seine Windjacke: sein neues Handy! Was für eine tolle und bisher noch ungewohnte moderne Errungenschaft. Schnell hangelte er das Gerät heraus und mit der größten Freude durfte er das herzliche »Guten Morgen« seiner Frau entgegennehmen. Heute ganz einfach auf einem Feldweg, morgen mitten in einem Wald und übermorgen irgendwo. Wo immer man sich auch gerade mit seinem Rad befinden mochte, mittels neuer, aktueller Kommunikationstechnik nach Lust und Laune mit seinem Leben verbunden zu werden, das war schon Fortschritt!

Dankbar dachte er an Michael, seinen Sohn, der ihm vor ein paar Tagen an seinem Geburtstag dieses außerordentliche Geschenk gemacht hatte. Wie oft musste er früher auf seinen bisherigen Radtouren ein Ferngespräch stundenlang vor sich herschieben. Viele Dörfer hatten gar keine öffentlichen Telefonzellen mehr und in Wald und Flur war sowieso Funkstille angesagt. Jetzt war er wirklich auch in dieser Beziehung »up to date«. Die Verbindung mit Zuhause war stets gesichert.

In Gedanken noch ganz bei seinen Kriegserlebnissen und dem Gespräch mit seiner Frau war Martin fast unbewusst von einem Plattenweg auf eine Nebenstraße gelangt, die über Dabendorf, Glien und weitere kleine Ortschaften des Fläminger Landes letztlich nach Ludwigsfelde führte. Von Werben nach Wietstock zeigte die Landkarte eine schöne, rot gekennzeichnete Strecke. Als Potsdamer Straße war diese Abzweigung von der Landstraße benannt, aber darin eine richtige Straße finden zu wollen, das war denn doch weit gefehlt.

Martin bog in diesen Weg ein, der zunächst noch beidseitig von Kiefern gesäumt war. Loser brauner und gelber Sand bildete den Untergrund, in den die Räder seines Fahrzeugs gleich fünfundvierzig Zentimeter tief eindrangen. Martin konnte zwar wählen zwischen zwei ausgefahrenen Spurrillen, die offenbar von Autos stammten, aber es half nichts, die vermeintlich bessere Spur auszusuchen, denn sooft er auch hinüber und herüber wechselte, die Aussicht auf günstigeren Grund erwies sich stets als trügerisch. Beide

Spuren waren gleichartig sandig, selbst die scheinbare Mittelgrasnarbe bot keinen idealen Untergrund. Würden sich solche Pfade über Dutzende von Kilometern erstrecken, dann wäre das freilich auch nicht gerade Radfahrers Freude. Immerhin, nach dem kleinen Vorgeschmack heute Früh in Rangsdorf hatte Martin nun eine erste vollwertige Übungsstrecke für hoffentlich weitere, allerdings nicht allzu lange Reiseabschnitte dieser Art.

Es dauerte schon geraumer Zeit, bis Martin sich einige hundert Meter vorgearbeitet hatte. Zur Rechten erstreckten sich nun weite Wiesen, auf denen edle Pferde grasten. Reitpferde offenbar, denn zur Linken tat sich ein großes Gutshaus mit umfangreichen Stallungen auf. Ein Reiterhof augenscheinlich.

Eine junge Frau, die gerade ihre Reitstunde beendet hatte, war dabei, ihren Geländewagen zu packen, als Martin sie fragte, ob diese Potsdamer Straße bis Wietstock so bliebe oder ob sich auch asphaltierte Abschnitte fänden.

»Nein, nein«, antwortete sie lächelnd, »es bleibt so, da müssen Sie schon durch, wenn Sie nicht Landstraße wählen.«

»Nun, ich bleibe schon hier«, sagte Martin. »Wenn es auch recht beschwerlich ist, hier voranzukommen. Sie haben es da mit Ihrem Auto besser.«

»Sagen Sie das nicht«, antwortete die Reiterin. »Ein Auto ist auf solchem Untergrund viel schwieriger zu steuern als ein Rad. Wünsche Ihnen noch eine gute Fahrt.«

Na, ob das wohl stimmte? Egal, er hatte den Weg gewählt und musste nun weiter. Nach der Karte würden es wohl so um die sieben oder acht Kilometer sein. Mal linke Spur, mal die rechte, mal Mittelgrasnarbe, mal äußerer Wegesrand, über den bereits die ausladenden Zweige der Gebüsche ragten. Bei allem Spaß war es schon kräftezehrend, mehr noch schweißtreibend, so eine Fahrt, und schließlich musste Martin doch hin und wieder das Fahrvergnügen aufgeben und sein Rad schieben. Inmitten der Natur genoss er trotzdem seinen ersten Urlaubstag.

Es folgten weitere Waldabschnitte dieser und ähnlicher Art. Einmal war es ein Weg, fester in seinem Grund aus gelbem Sand und lehmigem Ton, dann öffnete sich der Mischwald und gab eine größere Lichtung frei und erlaubte einen Blick über einige hundert Meter.

Da die Anstrengung ihn hungrig gemacht hatte und das liebliche Umfeld zur Pause einlud, nutzte Martin ein paar geschichtete Baumstämme am Wegesrand als Sitzplatz für seine Brotzeit. Währenddessen glitt sein Blick über die Landschaft und wieder entstand vor seinem geistigen Auge ein Bild, das siebenundfünfzig Jahre zurücklag.

Zwischen den Fronten

Irgendwo zwischen Baruth und Potsdam im April 1945

Ein grauer Morgen kroch mit langen feuchten Fingern über den Waldboden, zog sich an Stiefeln und Hose eines einsamen Schläfers empor, zupfte an Mantel und Ärmeln, benetzte ein entspanntes Gesicht. Ich erwachte davon, träumte aber nicht weiter, wie man es in Friedenszeiten gern tut. Nein, fast augenblicklich war ich voll da und übersah meine Lage.

Der Schlaf hatte gutgetan, ein Großteil der Anspannungen von gestern war abgefallen und ich konnte einigermaßen klar und ruhig meine Lage überdenken. Soweit ich mich bei dem trüben Licht des angehenden Tages umsehen konnte, waren meine Befürchtungen von gestern Abend – oder besser von heute Nacht – ausgeblieben. Ich konnte keine militärischen Einheiten am Waldesrand ausmachen. Wenn man den fernen Kriegslärm ignorierte, hätte es eine romantische Stunde sein können, ein friedlicher junger Morgen, der zu freundlichen Taten einladen würde …

Bleib bei der Sache, junger Freund, rief mir die rationale Stimme meines Inneren zu. *Wir sind im Krieg! Du stehst hier wahrscheinlich zwischen den Fronten.* Zwischen den Fronten? Wo waren die Deutschen, wo die Sowjets? Ja, die Stimme hatte recht: Ich musste handeln, ich musste so vorgehen, wie ich es mir vor dem Einschlafen ausgedacht hatte.

Zuerst also Lagebestimmung. Ziemlich sicher befand ich mich hier südwestlich von Berlin. Nach den strategischen Erfahrungen von gestern rückten die Sowjets vom Süden hervor. Falls sie Berlin einschließen wollten, was wohl anzunehmen war, würden sich die Hauptkampfhandlungen vornehmlich von hier aus gesehen weiter westlich abspielen. In vielleicht etwas geringerem Maße könnten sich Gefechte aber auch vom Süden her nähern. Die gestern an unserer Stellung vorbeigezogen deutschen Truppen würden einen südlichen Verteidigungsring um Berlin bilden. Das alles hieße dann für mich, dass ich mich zweckmäßig in nördliche, allenfalls in nordwestliche Richtung absetzen musste. Das zweite wäre dann eben, diese Richtung festzustellen, aber natürlich besaß ich keinen Kompass und mit den Sternen hatte ich heute Nacht ja auch kein Glück gehabt. Bis die Sonne hervorkäme – falls sie überhaupt bei dem bedeckten Himmel aufgehen würde – könnten ein paar Stunden vergehen, also war da auch nichts zu machen. Bliebe die Richtungsfeststellung über Naturerscheinungen. Wie früher gelernt, sollten an den glatt abgesägten Stümpfen gefällter Bäume Jahresringe sich zum Süden hin verdichten. Ich suchte also nach solchen Baumstümpfen, aber – verflixter Mist so etwas – in diesem Waldstück hatte man scheinbar jahrelang nicht mehr gerodet.

Jetzt wurde es aber verdammt eng, denn ohne Richtung aufs Geratewohl loszumarschieren, das hätte auf jeden Fall lebensgefährlich werden können. Da fiel mir aus der Geländekunde der vormilitärischen Ausbildung noch ein Letztes ein: Bäume waren an der Regenschlagseite oft grün bemoost. Zuhause war das der Westen. Ob das wohl überall galt? Ob auch hier im Brandenburger Land der Regen vornehmlich vom Westen her einschlug?

Ich konnte mir nicht erlauben, lange das Für und Wider zu bedenken. Ich stand unter Zugzwang.

Ich befinde mich zwischen den Fronten. Die Zeit drängt. Also nehme ich einfach an, dass diese Naturerscheinung auch hier gilt. Ich legte die

Himmelsrichtungen fest und marschierte danach einfach los. Schließlich blieb mir ja auch nichts anderes übrig.

Der sandige Weg führte mich mit Kurs Nord-Nordwest durch schöne Laub- und Kiefernwälder. Was wäre das wohl in Friedenszeiten für ein wunderschöner Ausblick gewesen, wie viel Freude hätte es gemacht, solche Pfade entlang zu spazieren, ohne diese ständige Furcht im Nacken zu haben.

Wenn ich den Krieg überleben sollte, das nahm ich mir schon jetzt vor, *werde ich ganz sicher noch einmal unbeschwert frei und fröhlich durch diese Gegend wandern werde ich diese prächtigen Gebiete als friedliche Landschaft erleben aber daran darf ich jetzt nicht denken*. Jetzt lauerten an allen Ecken und Enden Gefahren und ein Augenblick der Unachtsamkeit konnte mein Verderben bedeuten.

Dann weitete sich der Wald breit aus, der Weg, dessen festerer, lehmig sandiger Grund unter meinen Stiefeln knirschte, führte wie durch eine lang gestreckte Lichtung und erlaubte einen Blick über einige hundert Meter. Ob so ein übersichtlicher Weg in meiner Situation wohl günstiger war? Ich fragte mich das und erschrak zugleich: Einem Scharfschützen, irgendwo entfernt hinter einem Baum postiert, würde ich ja das günstigste Ziel bieten. Wieder rutschte mir das Herz in die Hose und während ich fieberhaft überlegte, wie ich wohl meine Lage verbessern könnte, sah ich plötzlich, vielleicht zweihundert, dreihundert Meter entfernt, drei Männer auf diesem einen Weg mir entgegenkommen.

Verdammt, was sind das für Leute? Können sie mir gefährlich werden? Sie tragen keine Uniform, also sind sie schon mal keine Soldaten! Wenn sie auch genauso wie ich beim gegenseitigen Gewahrwerden ihre Schritte verzögerten, der Abstand zwischen uns verringert sich doch. Und dann konnte ich es ziemlich genau erkennen: Die rundlichen Köpfe mit den breiten Gesichtspartien verwiesen auf Männer slawischer Herkunft, dazu die abgetragenen Mäntel und typische Kopfbedeckung … Ja, jetzt wusste ich es genau: Es waren Ostarbeiter!

Damals, vor Jahren, als unsere Wehrmacht weit in die Sowjetunion eingedrungen war, waren diese Leute zu zehntausenden als billige Arbeitskräfte nach Deutschland deportiert worden. Jahrelang hatten sie als Zwangsarbeiter in der Rüstungsindustrie geschuftet, sicher waren manche von ihnen übermäßig ausgenutzt und menschenunwürdig behandelt worden, sicher war dem einen oder anderen Unrecht, vielleicht sogar Misshandlung zuteil geworden.

Mein Gott, dachte ich, *wenn diese drei Män- ner tatsächlich Knechtschaft erfahren haben, wenn sie all die Jahre voller Wut auf ihre Befreiung ge- wartet haben, dann bietet sich ihnen jetzt die Ge- legenheit zur Rache.* Einer der verhassten Deutschen, wenn auch nur ein sehr junger Arbeitsdienst-Soldat, kam ihnen entgegen und sie waren zu dritt. Aber im gleichen Atemzug dachte ich auch, dass schlechte Be- handlung der Zwangsarbeiter dennoch nicht die Regel war. Ich war in dieser Beziehung trotz meines jungen Alters sehr erfahren, denn daheim, auf meiner Arbeitsstelle im Ruhrgebiet, einer Rüstungsfabrik, die schwe- re Sonderstahlplatten für die Panzerfertigung produzierte, waren natürlich wie überall in Deutschland Deportierte beschäftigt. Obwohl ich noch Lehrling im zweiten Lehrjahr war, hatte ich bereits eine Kolonne von einigen Ostarbeitern, allen voran Ivan, ein patenter Kerl von vielleicht fünfunddreißig Jahren, zu führen. Natürlich hatten wir von der Partei und von der Kommission für den Einsatz von Fremdarbeitern strenge Behandlungsvor- schriften, aber wir setzten uns ziemlich großzügig darüber hinweg. Wir pflegten ein eher kameradschaftliches Verhältnis mit den Berufs- und Arbeitskollegen.

Ich war doch immer gut zu meinen Leuten, schoss es mir durch den Kopf. Und wenn im Gegensatz zu meinen ersten spontanen Gedanken auch diese Männer gut und anständig behandelt worden waren, dann, ja dann hätten sie doch wohl keinen Grund zum Draufschlagen.

Ich näherte mich ihnen nun selbstbewusster. Und in der Tat: Wir begegneten uns nicht feindlich. Sie erzählten mir, dass sie in dem allgemeinen Durcheinander der sich nähernden Front vorzeitig aus ihrem Lager abgehauen wären. Jetzt hofften sie, bald auf ihre Landsleute, ihre Befreier zu stoßen, ohne vorher nochmal auf deutsche Soldaten zu treffen. Sie befanden sich also genauso wie ich zwischen den Fronten.

Zum Frontverlauf selbst konnten sie mir nichts sagen. So zogen wir schließlich, uns gegenseitig Erfolg wünschend, jeder in seine Richtung davon, Ich atmete tief durch. Gott sei Dank, diese Begegnung war noch einmal gut ausgegangen, aber sie konnte das mulmige Gefühl nicht vertreiben. Wie würden wohl andere Begegnungen ausgehen? An die Sowjets mochte ich nicht denken, aber auch von der deutschen Wehrmacht durfte ich nicht unbedingt offenen Empfang erwarten.

Ich stolperte so allein dahin. *Ich könnte ja … Großer Himmel, Ich könnte möglicherweise als Deserteur angesehen werden. So ein Mist, so ein verdammter Mist!*

Je weiter ich in den Tag marschierte, umso größerer Schwierigkeiten wurde ich mir bewusst. Fahnenflucht, Entfernung von der Truppe … Schlimme Begriffe geisterten durch meinen Kopf und ich wusste, dass damit für die Führungsschicht des Dritten Reiches das größte denkbare Verbrechen eines Soldaten umschrieben wurde. Ich hatte davon gehört, dass die oberste Heeresleitung – wahrscheinlich war es sogar Hitler selbst sowie sein treuer Paladin Himmler – Verordnungen über die Errichtung von Standgerichten und Erlasse über die Bildung von Sonderstandgerichten beschlossen hatten und danach war für das Entfernen von der Truppe das härteste Strafmaß vorgesehen: Das Urteil, das praktisch schon vor der pro forma Kriegsgerichtsverhandlung feststand, lautete auf Tod und war unmittelbar zu vollstrecken. Im günstigsten Fall durch Erschießen, häufiger jedoch durch Erhängen. Das hatten wir

auch als Zivilbevölkerung in den Wochenschauen der jüngsten Zeit gesehen. Da hin-
gen an den Bäumen die Leichen der armen
Schweine, die man erwischt hatte, als Verräter. Wie es die Sprecher kommentiert hatten,
hatten sie die Ehre der deutschen Wehrmacht
untergraben, hatten an der Idee des Großdeutschen Reiches gezweifelt, hatten sich an
Führer, Volk und Vaterland versündigt. Ihre
Hinrichtung sollte ein grausames Zeichen der
Abschreckung setzen.

Wieder überkam es mich heiß und kalt,
wieder kroch mir die Angst bis zum Hals
hinauf. *Wäre ich doch in dem großen Haufen der
Arbeitsmänner verblieben*, durchzuckte es mich.
Dort gab es wenigstens einen hochrangigen
Anführer, der für Erklärungen zuständig
war. 300 oder 400 Mann konnten doch nicht
als Deserteure angesehen werden.

Aber was, wenn die ganze Gruppe den
Sowjets in die Hände gelaufen wäre, wenn sie
womöglich durch einen unglücklichen Zufall
von den Maschinengewehrgarben einer
schießwütigen Armee gleichsam niederge-
mäht worden wären? Wenn sie wie die Hasen
auf einem Stoppelfeld abgeschossen in den
Tod gesprungen wären? War ich als Einzel-

ner dann doch vielleicht besser dran? Hatte ich doch eher eine Überlebenschance?

Die Gedanken schossen wild hin und her, die vermeintliche Ruhe von heute Früh war längst dahin. Ja, ich war viel nervöser, aufgeregter, ängstlicher als gestern. Mein Puls raste. Ich steigerte mich gleichsam in eine Psychose. Mein Gott, ich wollte doch nur nicht bei den Russen landen! Ich wollte eigentlich doch nur die deutschen Linien erreichen! Aber ich wusste jetzt nicht mehr, wo ich wirklich dran war. Es war wenig sinnvoll, in dieser Gemütserregung weiterzumarschieren. Auf jeden Fall musste ich zunächst einmal mein flatterndes Nervenkostüm in Ordnung bringen und dazu würde eine kleine Rast mehr als guttun.

Ich setzte mich abseits des Weges versteckt hinter einer Unterholzstrauchgruppe nieder, atmete tief durch und es gelang mir wirklich, wieder ein wenig ruhiger zu werden. Die Gedanken an den Tod durch Erhängen ... So sehr ich mich auch bemühte, ich konnte sie dennoch nicht ganz zur Seite drängen. Aber ich durfte auch nicht einfach hier sitzen bleiben, musste handeln. Und dieses Handeln konnte im Augenblick nur mein vorsichtiges Weitergehen sein.

Und dann war plötzlich die erwartete – oder war es doch eher die unerwartete, die gefährliche, die befreiende … Ach, ich wusste selbst nicht mehr, was es im Moment eigentlich war. Plötzlich war die Situation da, die über die nächste Zukunft entscheiden würde. Vom Waldrand her, aus der Deckung von Sträuchern und niedrigen Bäumen, hallten mir harte, im Befehlston gesprochene Worte entgegen.

»Halt! Hände hoch! Werfen Sie Ihre Waffen weg! Bleiben Sie stehen!«

Ich tat, wie mir befohlen wurde, und hatte bei aller Angst auch ein kleines beruhigendes Gefühl. Die Aufforderung hatte nicht »Stoi! Kto idjot!« gelautet. Ich war also nicht den Russen in die Hände gelaufen und ruhiges Auftreten brauchte ich nun, um mich nicht der drohenden Gefahr, als Deserteur abgestempelt zu werden, auszusetzen.

Der Unteroffizier der deutschen Wehrmacht trat aus seinem Versteck hervor, mit ihm drei oder vier weitere Soldaten. Ihre Gewehre im Anschlag – wie ich später erfuhr, war diese Gruppe ein Spähtrupp, der die militärische Lage der Umgebung auszukundschaften hatte.

»Wo kommst du her?«, fragte der Spähtruppführer. »Was machst du hier? Wo willst du hin?« Er duzte mich, ich deutete das als gutes Zeichen, denn wäre er ein scharfer Hund gewesen, ein echter Nazi Soldat, der sich immer noch dem Wahren des Dritten Reiches verbunden fühlte, dann hätte seine Stimme messerscharf klingen müssen, hätte sein Auftreten mich ängstlich und unsicher gemacht. Diesem Mann dagegen konnte ich einigermaßen gefasst gegenübertreten. Vertrauensvoll konnte ich ihm die Umstände meines Umherirrens erklären.

Er glaubte meine Geschichte ohne groß nachzuhaken oder mir das Wort im Munde zu verdrehen und mir fiel ein dicker Stein vom Herzen

Wir marschierten gemeinsam zur Einsatzkommandostelle zurück auf der reges Treiben, aber keine Hektik herrschte. Registrierung auf der Schreibstube und dann ein Schlag warmer Suppe aus der Feldküche … Meine Güte, wie lange hatte ich eigentlich nichts Warmes mehr bekommen? Wann hatte ich überhaupt zuletzt gegessen? In all der Aufregung der vergangenen zwei Tage, bei aller Angst und Not, die ich erfahren hatte, bei all den vielen schrecklichen Gedanken, bei der übergroßen Aufmerksamkeit und bei den erdrückenden Befürchtungen hatte ich überhaupt nicht mehr an Essen gedacht.

Ich wurde einer Granatwerferabteilung zugeordnet, aber diesen Job sollte ich erst am späten Abend übernehmen, vielleicht sogar erst am nächsten Morgen, sofern es an diesem Frontabschnitt ruhig bliebe. Großzügigerweise entließ mich mein neuer Gruppenführer zunächst in ein Zelt, wo mich augenblicklich die Müdigkeit übermannte und ich erstmal für ein paar Stunden einen wohlverdienten und auch einigermaßen geruhsamen Schlaf finden konnte.

Von Fläming nach Potsdam

Ludwigsfelde, Potsdam, Krongut Bornstedt

Martin radelte wieder auf einer schwach befahrenen Landstraße in Richtung Ludwigsfelde dahin. Eine schöne Straße, die ab und an durch kleine Waldstücke führte und dann wieder jenen Reiz von Alleecharakter zeigte, der für die Mark Brandenburg so bezeichnend war. Diesmal waren es vornehmlich Kastanien, nicht selten schon ältere Bäume mit dicken Stämmen, ihre Kronen luden weit aus, aber an ihnen zeigte sich auch schon der nahende Herbst. Da, wo die unregelmäßigen Abstände zwischen den einzelnen Bäumen größer waren, wo Sonne und Wind freien Zutritt hatten, zeigte sich das Laub bereits braun und gelb in den Farben des Herbstes. Viele welke Blätter waren schon zur Erde gefallen und dazwischen lagen in geringerer Anzahl auch die reifen Früchte, die Kastanien, herum.

Auf manchen Feldern stand noch der Mais. Seine Ernte zog sich wohl noch etwas hin. Auf riesigen Weiden grasten buntgescheckte Kühe. Immer wieder das Idyll des Märkischen Landes, das so gar nicht zu Martins Erinnerungen passen wollte.

Ludwigsfelde war bald durchquert, die Hauptverkehrsstraße, die nach Potsdam weiterführte, war stark befahren und hatte auf dem Abschnitt zwischen den Städten keinen Radweg. So hieß es, wieder auf Nebenstrecken – auf Landstraßen ebenso wie auf Feld- und Waldwege – auszuweichen. 23 Kilometer Sandweg mitten durch leere Felder, die zum Teil schon umgepflügt und beackert waren.

Dann war die Straßenverbindung zwischen Sputendorf und Schenkenhof erreicht, die kleinen Dörfer am Rande zählten nur wenige Häuser und dort fanden sich auch meistens kleine, für die Mark typische einfache Kirchen.

Und schließlich war am frühen Nachmittag die Hauptstadt des Landes Brandenburg erreicht. Natürlich war die Metropole des Bundeslandes von enormem Verkehr bestimmt Martin sah zu, dass er möglichst schnell durch die Geschäftigkeit kam und wieder Land gewann.

Es ging durch Babelsberg, das auch schon vor dem Kriege Hochburg der Filmindustrie gewesen war. Die Straße ging am Hauptbahnhof vorbei und überquerte auf einer

Brücke die Havel. Geradeaus weiter wäre Martin in das historische Potsdam mit seinem sehenswerten Stadtkern und seinen geschichtsträchtigen Bauten gelangt. Doch Martin stand nicht der Sinn danach, seine Erinnerungen mit einer lehrreichen Sightseeing Tour zu verbinden. Historische Gebäude, prächtige Paläste, schöne Kirchen und höchst angenehme Wohnviertel bezeugten die geschichtliche Verbindung der alten Garnisonsstadt Potsdam mit den Fürsten und Königen des alten Preußens, aber für solche Begegnung konnte sich Martin nicht so recht die Zeit nehmen. Abgesehen davon hatte er noch vor ein paar Wochen mit einer Reisegesellschaft Potsdam besucht und war durch eine versierte Reiseleiterin bestens informiert worden.

Allenfalls Schloss Cäcilienhof hätte eine gewisse Verbindung mit seiner Erinnerungsfahrt gehabt. Dort war von Ende Juli bis Anfang August 1945 die Potsdamer Konferenz abgehalten worden und mit dem Ergebnis dieser Verhandlungsrunde – mit dem Potsdamer Abkommen vom 2. August 1945 – hatten die Siegermächte damals die Weichen gestellt für die Behandlung des besiegten Deutschen Reiches durch sie. Die großen drei, nämlich Harry S. Truman für die USA, Josef Stalin für die UdSSR und Winston Churchill für Großbritannien hatten im Zuge vieler Regelungen für die Nachkriegsprobleme Deutschlands, darunter Fragen der Entnazifizierung, der Festlegung der Westgrenze Polens durch die Oder-Neiße-Linie, die Ausweisung Deutscher aus Polen, auch die militärische Besetzung festgelegt. Hier im Osten war mit der sowjetischen Besatzungszone die DDR und der eiserne Vorhang entstanden.

Und letztlich war damit auch Martins heutige Fahrt verknüpft, denn praktisch war es ja erst in diesem vergangenen Jahrzehnt nach der Auflösung der Deutschen Demokratischen Republik im Oktober 1990 überhaupt möglich geworden, eine Radtour durch ein freies Land Brandenburg durchzuführen.

Aber das alles konnte Martin heute nicht beachten. Sein Weg führte ihn vielmehr mit einer Abzweigung nach links auf die Bundesstraße B 1, die hier Zeppelinstraße hieß.

Die Zeppelinstraße verlief in südwestlicher Richtung und führte ihn rasch in ruhigere Gefilde. Nur wenige hundert Meter entfernt musste sich das Ufer des Templiner Sees befinden. Bald standen Wohn- und Geschäftshäuser nur noch auf der linken Seite, während sich zur rechten ein größeres zusammenhängendes Waldgebiet herausbildete. Hier am Straßenrand war es noch Mischwald mit Laubbäumen, später würde Martin weiter im Inneren wieder den Kiefernwald und vor allem den sandigen Waldweg vorfinden, wie er ihn heute schon ein paar Mal hatte kennenlernen dürfen. Aber viel wichtiger war es in der nächsten Stunde, dass er hier wieder eine entscheidende Situation seines Erinnerungspfades finden musste.

Inmitten des Waldgebietes verlief exakt in Nordwest-Südost-Richtung eine Eisenbahnlinie und etwa 60, 70 Meter davon entfernt, auf der südlichen Seite, schlängelte sich der besagte Waldweg dahin, dem Martin nun folgte. Der Wald musste wohl erst in den letzten 50 Jahren aufgeforstet worden sein, denn damals, vor dieser Zeit, war dieses Gebiet ein großes Areal mit Feldern und teilweise Gartenland gewesen.

Nach wenigen hundert Metern schlug sein Herz schneller. Wieder tat sich eines der schrecklichen Bilder – wenn es nicht gerade das allerschrecklichste überhaupt war – der Vergangenheit auf, die schicksalhafte Erinnerung an einen Lebensabschnitt, der in demütigender Erniedrigung geendet hatte. Er wurde wieder lebendig im Rückblick, vor seinem geistigen Auge erschien wieder jener Tag im April 1945, der leicht auch sein letzter Tag hätte sein können.

Ende April 1945: Schlacht um Potsdam – Gefangennahme

Es war tiefe Nacht, aber eine Nacht mit sanfter, ruhiger Dunkelheit, eine Nacht, in der das liebliche schwache Licht von 1000 Sternen auf eine friedliche Erde hinunterglitzerte, eine Nacht, die zum Träumen und zum Verlieben hätte einladen können. Doch solch eine Nacht gab es nicht mehr. Würde es sie je wieder geben?

Ich saß zusammengekauert in meinem Erdloch, das ich mir vor Stunden gebuddelt hatte, sah statt freundlicher Sterne um mich herum nur die schrecklichen Lichter des Krieges. Immer wieder, in rastloser Folge blitzte es auf und blitzte es wieder auf, das Mündungsfeuer der Kanonen, die ihre fürchterliche Fracht auf den Weg schickten. Die Explosion mit dem gleißenden Widerschein der berstenden Granaten, wenn sie um mich herum einschlugen, Tod und Verderben austeilend, und mit den schrecklichen Lichtern des Krieges paarten sich Donner und Lärm von Abschuss und Detonation, verbanden sich grauenvoll das Zischen und Pfeifen der dahinbrausenden Geschosse.

Es war das fürchterliche Panorama des Krieges, ein Inferno, wie es am Jüngsten Tag über die Erde rollen würde.

Die Schlacht war voll entbrannt. Dort drüben die Rote Armee, die sich Meter für Meter vorwärtskämpfte, hier die Deutsche Wehrmacht, die Meter für Meter deutschen Boden verteidigte, die nach dem Willen ihrer Heeresleitung den Feind daran hindern sollte, ja, hindern musste, den Kreis um Berlin zu schließen. Hier standen die deutschen Soldaten, die nicht zulassen durften, dass das Dritte Reich, das da 1000 Jahre oder gar ewig hatte währen sollen, vom Osten her überrollt werden würde.

Was hatte doch gestern Nacht ein General auf dem Kasernenhof in der Nähe Potsdams gesagt? »Kameraden«, hatte er mit schneidender Stimme gerufen, »Soldaten, ihr steht hier im Kampf um das höchste Gut, das euch gegeben wurde. Ihr kämpft für das Fortbestehen der deutschen Nation. Bolschewistische Horden haben uns bis hierher verfolgt, aber nun stehen wir auf mit einer Kraft, die sie das Zittern lehren wird. Wir werden sie zurückschlagen! Wir werden es nicht zulassen, dass Deutschland je in diesem Kampf unterliegen könnte!«

Minutenlang hatte sich seine Botschaft über uns ergossen, einige 1000 Soldaten, die auf dem Kasernenhof angetreten waren. Mit markigen Worten beschwor er die Kampfkraft deutscher Soldaten, ihren Siegeswillen, ihre Entschlossenheit, lieber zu sterben, als das Vaterland je aufzugeben, und er schloss mit dem Appell: »Soldaten, der Führer steht in dieser Stunde im hart umkämpften Berlin seinen Mann als der erste Soldat des deutschen Volkes. Wir stehen zu ihm! Geht in den Kampf um unseres geliebten Führers willen, um die Freiheit unserer Nation! Sieg oder Tod!«

Wir waren losgezogen, hinaus in einen Kampf, von dem jeder gewusst hatte – und ich war überzeugt, dass es auch der General trotz seiner flammenden Rede gewusst hatte –, dass nichts mehr zu gewinnen war, dass die Schlacht um Berlin, dass der Krieg verloren war.

Ich war inzwischen Infanteriesoldat geworden, Angehöriger der offiziellen militärischen RAD-Division »Friedrich Ludwig Jahn«. Offenbar hatten die Nazis mit dieser Benennung dem berühmten Turnvater ein Denkmal gesetzt, denn sowohl mit seinen Ansichten über »die Bedeutung des Turnens für die vormilitärische Ausbildung« als auch mit seinem Aufruf zur »Volkserhebung und Errichtung des Nationalstaates« hatte Jahn schon um 1820 herum Denkweisen ange-schnitten, die der NSDAP sehr wohl in den Kram passten.

Aber obwohl nun pro forma einem großen Verband zugehörig, gab es für viele von uns dennoch keine Registrierung, keine Erken-nungsmarken, keine Kennzeichenplaketten, keine exakte Zuordnung. Wer in diesen letz-ten Kriegswochen sein Leben verlieren sollte, wer auf dem »Felde der Ehre« fiel, würde kein Grab mit einem Birkenkreuz mehr fin-den. Sein Leichnam würde mit hunderten anderer gefallener Soldaten in einem Mas-sengrab verscharrt werden und seine Familie zuhause, seine Lieben daheim würden nie mehr in ihrem Leben erfahren, welches Schicksal der Gatte, der Vater, der Sohn, der Bruder, der Enkel erlitten hatte.

Tagelang vorher war ich mit meiner Gra-natwerferkompanie durch die Region Fläming gezogen. Jeden Tag hatten wir vormittags unsere Stellung aufgebaut und sie wieder in der Nacht verlassen, um uns mal nach Norden, mal nach Osten, praktisch in alle Himmelsrichtungen hin und her, vor- und zurückzubewegen. Gelegentlich war es zu kleineren Gefechtsgeplänkeln gekommen. Wir hatten hier und da unsere Granaten verschossen, aber größere Kampfhandlungen waren uns erspart geblieben. Bis gestern nach dem nächtlichen Aufruf des Generals.

Der folgende Tag war im Wesentlichen von beidseitigem Geschützfeuer und gelegentlichen Infanterieeinsätzen gekennzeichnet gewesen, den Vorbereitungen zu dem erwarteten Großangriff der Roten Armee.

Durch die vielen Granateneinschläge und durch das heftige Maschinengewehrfeuer hatten wir auf unserer Seite Verluste erlitten. Ich sah die ersten verstümmelten Toten dieses Feldzuges, hörte das Stöhnen der Verwundeten und erlebte erst jetzt, hier auf diesem Felde, die volle Grausamkeit des Krieges. In den kurzen Feuerpausen sammelten wir die Verletzten. Die nicht mehr bewegungsfähigen Schwerverwundeten trugen wir auf Bahren zu dem entfernt stationierten Verbandsplatz.

Der junge Soldat, den ich auf einer Feldtrage fortbrachte, war vielleicht 18, 19 Jahre alt. Sicher hatte er bei seinem jugendlichen Alter nicht mehr am Russlandfeldzug teilgenommen, wahrscheinlich hatte er nur die Rückzugskämpfe im Osten erlebt und dann die Verteidigungsgefechte auf deutschem Boden mitgemacht. und er hatte sie unverletzt überstanden. Heute jedoch hatte es ihn erwischt. Bauchschuss. Er krümmte und wand sich auf der einfachen Bahre. Er stöhnte vor Schmerzen.

»Kamerad«, flehte er mich mühsam, mit Schmerz erstickter Stimme an, »gib mir meine Pistole. Ich bin so mitgenommen und verwirrt von diesem Kampfgetümmel um mich herum …«

Ja, ich war tatsächlich so naiv, nicht zu wissen, was er wollte. Machte mich an seinem Koppel mit der Pistole zu schaffen.

»Bist du verrückt!«, zischte mich ein begleitender Unteroffizier an, ein Mann, der in seiner langen Soldatenzeit Hunderte Verwundete geborgen hatte, der Hunderte hatte sterben sehen. Er wendet sich dem verletzten Soldaten auf der Bahre zu: »Sei ruhig, Kamerad! Das ist nur eine kleine Wunde. Bauchschuss. Warte nur ab, auf dem Verbandsplatz versorgen sie dich sofort. Sie holen gleich das Geschoss heraus und im Lazarett flicken sie dich wieder zusammen. In ein paar Wochen bist du wieder voll da.«

Wohlauf in ein paar Wochen ... Im Moment ein Trost, aber ob er selbst daran glaubte? Und auch meine Ahnungslosigkeit fiel von mir ab. Ich sah die düstere kommende Zeit vor mir und konnte nur hoffen und beten, dass der Arme überlebte.

Zum Spätnachmittag sammelten wir uns, eine größere Feuerpause schien sich wohl bis zum Abend hinzuziehen. Und dann bezogen wir dieses Feld wiederum, wie schon gewohnt, keine geschlossene Einheit, wiederum untereinander nicht bekannt. Weiß der Teufel, ich glaube nicht einmal, dass die örtliche Einsatzstelle in die Kommandoebene eines übergeordneten Stabs auf Bataillons- und Divisionbasis eingegliedert war. Vielleicht wäre es etwas verständlicher gewesen, wenn es sich mit unserer Gruppe um eine hochausgebildete und kampferprobte Spezialeinheit für einen Sonderauftrag gehandelt hätte. Aber was sollten wir, eine Handvoll unerfahrener Leute, hier wohl ausrichten? Bei meinem ersten Einsatz vorige Woche auf dem Hügel bei Zossen waren wir zwar auch nicht in eine höhere Befehlsebene eingebunden gewesen, aber wir hatten durchgehende Schützengräben, wir hatten Vorgesetzte und Unterführer gehabt, wir waren zumindest für kurze Zeit eine zusammengehörige Einheit gewesen. Und von Wochenschaufilmen kannte man es ebenfalls: Wenn es auch vielfach sicher Propagandaaufnahmen waren, die Kampfhandlungen waren gut organisiert, immer sah man in den Gräben größere Soldatengruppen zusammengeschlossen, immer gab es Befehlshierarchie von den Offizieren zu den Unteroffizieren, immer waren Nachrichtenverbindungen nach hinten vorhanden gewesen. Hier dagegen konnte es wohl sein, dass in dieser bedenklichen Situation wahrscheinlich kurz vor dem Fall Berlins den Heerführern das Konzept der Verteidigungsorganisation aus den Händen geglitten war. Oder erwartete man womöglich die Hauptkampfhandlungen weiter westlich? Vielleicht würde man dort die Masse der erfahrenen und gut bewaffneten Soldaten aufstellen, würde man etwa … Ich wagte es nicht, die Gedanken weiter auszuspinnen. Ich machte mir ernsthafte Sorgen, wie viel schlimmer noch und ob überhaupt ein Befehl zum Rückzug durchgeführt werden könnte.

Wir gruben uns ein und uns jungen Unerfahrenen kroch langsam wieder die Furcht den Rücken hoch. Ja, das war schon ein Unterschied zu den kriegsverherrlichenden Sprüchen der vergangenen Jahre. So mussten wir doch als 12jährige Pimpfe des Jungvolks und als 15jährige Jungen der Hitlerjugend im Gleichschritt durch die Stadt marschieren. Wie hatten die forschen Lieder von unseren Lippen geklungen: »Heute gehört uns Deutschland und morgen die ganze Welt« oder auch »Führer, befiehl, wir folgen dir«, »Ran an den Feind« oder gar »Wir marschieren für Hitler durch Nacht und durch Not, unsere Fahne ist mehr als der Tod.«

Das verdammte Warten macht uns mürbe. Wann würde der Sturmangriff der Roten Armee über uns hinwegbrausen, wann würden sie zur Eroberung Potsdams ansetzen?

Es wurde später Abend, der Geschützdonner gewann wieder überhand, jetzt deutlich näher, rügend. Und zur angebrochenen Nacht in der Dunkelheit besonders deutlich und furchteinflößend, machte ein neues Phänomen auf sich aufmerksam: Leuchtspurgeschosse, immer in Gruppen zu fünft, zogen ihre Bahn über unsere Köpfe hinweg. Das waren die Abschüsse der gefürchteten Stalinorgeln aus den Wochenschauberichten des Kinos. Und öfters gesehen, erlebte man sie jetzt in grauenvoller Wirklichkeit. Unheimliche Wirklichkeit, denn auch wenn sie in ihrem Effekt mit normalen Granaten vergleichbar waren, durch ihre besondere Eigenart der Leuchtspur erzielten sie eine psychische Reaktion, eine Einschüchterung, die schon an die Nerven ging. Wieder und immer wieder erfolgte um mich herum ein Granateneinschlag neben dem anderen. Ein Wunder, dass nicht ein Geschoss direkt meine Erdlochstellung traf, die Explosion hätte meinen Körper zerfetzt, durch die Luft gewirbelt.

Und genau wie vor Stunden schon sorgenvoll angedacht, kein Befehl, keine Anordnung drang bis zu uns Einzelkämpfern durch. Sicher sah es um mich herum aus wie auf einem wüst durcheinandergewürfelten, wild umgepflügten Gelände. Ich befürchtete, dass die Stellungen meiner unbekannten Kameraden direkt getroffen worden waren. Ohne noch einen Schrei ausstoßen zu können, war es ihnen womöglich so ergangen, wie es mir bis jetzt erspart geblieben war. Was für eine grausame Vorstellung. Ich müsste versuchen hinüberzuklettern, wenn das Geschützfeuer einmal etwas nachließe, aber mit dem nachlassenden und schließlich ganz verebbenden Bombardment drang ein neues Geräusch, diesmal im Gegensatz zur ersten Begegnung vor 8 oder 10 Tagen, ganz nah und beunruhigend an meine aufmerksamen Ohren. Kettenrasseln der schweren T34! Die Panzer fuhren scheinbar auf den nahe gelegenen Bahngleisen oder seitlich davon auf dem festeren Untergrund. Jetzt den Kopf aus seinem Erdloch herauszustrecken, würde den sicheren Tod bedeuten, denn – dessen war ich mir sehr wohl bewusst – die aufsitzenden Panzergrenadiere suchten bestimmt mit ihren Nachtsichtgläser das Gelände ab. Eine einzige auffällige Bewegung und die Salven ihrer Maschinenpistolen würden nur so über das Feld hinwegrauschen, würden wie eine Sense alles Lebende niedermähen.

Das unheimliche Geräusche der vorbeifahrenden Panzer riss nicht ab und ab der dritten oder vierten Welle ihrer Formation fuhr man bereits mit geöffneten Luken. Ich hörte jedenfalls die Besatzungen miteinander sprechen. Und schließlich setzten sich sogar Musikklänge über das Kettengerassel. Die Panzerfahrer hatten offenbar Radios oder Schallplattenspieler dabei. Nach dem Gedröhn von

Donner und Krach und Kriegslärm ließen sie sich nun freundlicher unterhalten.

Der Morgen dämmerte heran, der Panzerlärm war verschwunden und ich kauerte in meinem Erdloch. Zusammengezogen, verschüchtert, verlassen, allein. Ich traute mich immer noch nicht, laut zu atmen, geschweige denn mich gar aufzurecken. Was würde jetzt geschehen? Wie sollte es weitergehen? Was sollte ich nur machen? Ich war nicht fähig, einen vernünftigen Gedanken zu fassen, aber ich brauchte auch nicht weiter zu denken, denn über mir ertönten plötzlich ein paar harte, im Befehlstone ausgerufene russische Worte.

Der Klang der russischen Sprache war mir nicht neu. Ich hatte ja auf meiner Arbeitsstelle genug mit Ostarbeitern und gelegentlich auch mit russischen Kriegsgefangenen zu tun gehabt und bei der Gelegenheit sogar ein bisschen Russisch sprechen gelernt. Natürlich erschrak ich trotzdem und als ich vorsichtig den Kopf hob, erblickte ich in meinem Erdloch schmutzige grobe Stiefel und erdverschmierte, militärisch geschnittene Uniformhosen. Im gleichen Maße, wie ich meinen Kopf höherreckte, sah ich mehr und mehr von der menschlichen Gestalt, die da vor mir stand, und schließlich gewahrte ich ihn ganz, den Sowjet-Soldaten vor mir. Er war mit einer blousonartigen Jacke bekleidet; breite Achselklappen mit hellen Querstreifen zierten den Uniformrock und die messingfarbenen Embleme von Hammer und Sichel blitzten auf rotem Grund an seinem Kragen. Den Kopf bedeckte ein Käppi, ebenfalls mit Hammer und Sichel auf dem Abzeichen eines roten Sowjetsterns geziert.

Ich schaute in sein hartes, vom Kampf übermüdetes und von mongolischen Zügen gezeichnetes Gesicht. In den Armen hielt er schießbereit seine entsicherte MP. Ich konnte nur den Klang seines russisch gesprochenen Befehls hören, denn bis in militärische Einzelheiten reichten meine Russischkenntnisse nicht. Aber ich wusste, dass dieser Befehl »Hände hoch« bedeuten musste.

Seiner Aufforderung nachkommend, erhob ich mich in meinem Loch, stand seit wer weiß wie vielen Stunden zum ersten Mal wieder aufrecht in voller Größe da. Und mir wurde bewusst, in welch einer verdammt brenzligen Lage ich mich befand. Mir schoss durch den Kopf, was erfahrene Landser während der paar Tage, an denen sie Heimaturlaub machen durften, über solche Situationen erzählt hatten: »Und plötzlich stand der Iwan vor mir«, sagte etwa der Held, »und ich dachte mir nur: Er oder ich! Ich war mit meiner Pistole der Schnellere und streckte ihn nieder – sonst hätte er mich erschossen …« Und mit roten Ohren hatten wir Jungens solchen Geschichten gelauscht, hatten nicht danach gefragt, ob sie wohl stimmten …

Aber jetzt, hier, in der eigenen verzweifelten Lage und vor allen Dingen ohne langjährige Kampferfahrung, ohne Ahnung, ohne Einschätzungsvermögen, wie es um mich herum aussehen könnte …? – Wieder vermochte ich nicht, zu Ende zu denken oder gar etwas Unbedachtes zu tun, denn schon rief der Rotarmist weiter: „Uri … Uri…", was ich zunächst vollkommen falsch deutete. Erst viel später hörte ich von meinen Mitgefangenen, dass Armbanduhren die begehrtesten Beutestücke der russischen Soldaten waren, und ich sah bei einigen besonders erfolgreichen Sowjet-Armisten, dass sie ihre beiden Arme nicht selten mit je sechs, acht Armbanduhren geschmückt hatten.

Aber das wusste ich in diesem Augenblick der Gefangennahme noch nicht. Noch völlig verwirrt von den Ereignissen des vorigen Tages, mehr noch von denen der vergangenen

Nach, erschöpft und fertiggemacht durch die grauenvolle Schlacht, vollkommen übermüdet, unbedarft, ratlos und zusätzlich auch noch unglaublich naiv, wie ich war, dachte ich, er wollte die Uhrzeit erfragen. Statt meine Uhr schnellstens loszumachen und ihm hinzureichen und damit vielleicht ein paar Pluspunkte oder gar sein Wohlwollen erzielt zu haben, fragte ich ihn auf Russisch: „Skolko wrenia?", ob er wissen wolle, wie spät es wohl sei?

Er wurde wütend,   versetzte mir einen kräftigen Hieb, riss meinen Arm an sich und zerrte die Uhr von meinem Handgelenk. Dann forderte er mich auf, dass Erdloch zu verlassen, und tastete mich nach weiteren Waffen ab. Meinen Brotbeutel musste ich ausschütten: Marschverpflegung und »Eiserne Ration«, eine Dose Fleisch, ein Kanten Brot rollten auf die Erde. (Wie oft sollte ich noch später in der Kriegsgefangenschaft vor lauter Hunger mich nach diesen Nahrungsmitteln sehnen, die jetzt hier auf dem Feld vergammeln würden.)

Ich durfte nicht groß herumgucken, nachsehen, wie es meinen Kameraden in den weiteren Schützengräben ergangen war. Nur mit einem ängstlichen schnellen Blick stellte ich fest, dass etwas entfernt auf diesem Gelände ein paar weitere Sowjets das Feld nach deutschen Gegnern absuchten. Ich sah einige verstümmelte Leichen auf diesem Acker liegen, der mehr einer Mondlandschaft glich. Offenbar war ich hier, im nahen Umfeld, der einzige Überlebende …

Der eigentliche direkte Sturmangriff der Infanterie, der gewöhnlich nach dem vorbereitenden Geschützfeuer erfolgte, war offenbar weiter im Westen abgelaufen. Dort würde sicher eine größere Anzahl deutscher Verteidiger dem Tod entkommen sein und jetzt ebenfalls in die Gefangenschaft marschieren.

Der Rotarmist dirigierte mich die paar Schritte zum Bahnkörper; auf den Schwellen zwischen den Gleisen musste ich mich nordwärts wenden. Immer ängstlich bewusst, dass ein schwerbewaffneter Soldat, die MP im Anschlag, hinter mir hermarschierte und dass dieser Mann – den ich bei meiner Gefangennahme sogar dummerweise sehr verärgert hatte – jederzeit über mein Leben oder meinen Tod entscheiden konnte.

Und plötzlich verspürte ich einen schmerzhaften, harten und sehr scharfen Schlag in meinem Nacken. Hatte er sich entschieden? War das der grausame Genickschuss, von dem man schon so viel gehört hatte und den man bei seiner Gefangennahme befürchten musste?

Mein Gott, schoss es mir durch den Kopf, *soll ich wirklich in diesem Augenblick mein junges Leben verlieren? Lieber Himmel, heilige Jungfrau Maria, helft mir, dass es nicht so ist. Ich bin doch erst sechzehn … Wie sollen es meine Mutter, mein Vater, meine Familie aufnehmen? Sie haben doch schon mit meinem älteren Bruder einen Sohn – gerade erst einundzwanzig Jahre alt – vor sechs Monaten verloren.*

In Russland und Baltikum hatte er im Oktober sein Leben lassen müssen. Er war den »Heldentod für das Großdeutsche Reich« gestorben, wie es in der amtlichen Nachricht geheißen hatte.

Aber, lieber Gott, nicht auch mich noch, stehe mir bei in dieser letzten Minute. Mein Bruder ruht doch schon in fremder Erde; lass mich wenigstens nach Hause kommen.

Wenn der Genickschuss jetzt seine Wirkung zeigt, werde ich zu Boden stürzen, genauso wie ein Apfel, der vom Baume fällt.

Das Häuflein Mensch würde morgen zusammen mit Hunderten weiterer Leichen von einem Bulldozer wie Unrat aufgekehrt und in ein großes Massengrab hineingeschoben werden. Nie würden meine Eltern von meinem gewaltsamen Tod erfahren, jahrelang würden sie hoffen und immer wieder hoffen, dass ich eines Tages heimkehrte … Und schließlich, nach Jahrzehnten des Wartens, würden sie bei ihrem eigenen Tod die Ungewissheit über das Lebensende ihres zweiten Sohnes mit in ihr Grab nehmen.

Lieber Gott, heiliger Martin, all ihr Heiligen im Himmel, sagt mir, dass es nicht so ist … Habt Erbarmen … Ich flehe um eure Gnade …

Alle diese Gedanken schossen mir in Bruchteilen einer Sekunde durch den Kopf; aber inzwischen waren schon eine oder zwei Sekunden vergangen, ohne dass ich zusammengesunken wäre. Wo blieb der Tod? Wann würde es geschehen?

Ich schöpfte neue Hoffnung und blickte mich vorsichtig um. Da sah ich, wie mein Bewacher die Arme zurückzog, in den Händen den Lauf seines Gewehres. Der Schuss war nur ein äußerst heftiger und beißender Schlag mit dem Kolben gewesen und ein weiterer Kolbenhieb traf nun meinen Rücken.

Gott sei gedankt und all ihr Heiligen seid gelobt, dachte ich. *Er hat gar nicht geschossen. Diese Schläge, und selbst wenn es weitere Kolbenhiebe geben sollte, die werde ich schon überstehen.*

Und ich betete für ihn, bat Gott innigst darum, meinem Soldaten Einsicht und Vernunft zu schenken. Ich betete darum, dass Gott und alle Heiligen ihm den Großmut verleihen mochten, sich nicht an einem Jungen für selbst erlittenes Ungemach zu rächen.

Ich stolperte mehr als ich ging über die Eisenbahnschwellen weiter, wagte keinen Blick mehr zurück auf den schwerbewaffneten Mann, hoffte, dass ich bald auf einer Gefangenen-Sammelstelle eintreten würde. Denn dort, wo wir uns zu Hunderten einfinden mussten, glaubte ich, schon eher Überlebenschancen zu haben.

Und ich stapfte weiter, einer ungewissen Zukunft entgegen.

Die Erinnerung an einen der schrecklichsten Tage seines jungen Lebens fiel langsam wieder ab. Martin musste sich wohl schon vor einer ganzen Weile auf eine Bank gesetzt haben und nun ausruhen, ehe er sich, wieder einigermaßen beruhigt, zum Weiterfahren aufraffen konnte, ehe er den heutigen sonnigen Tag – siebenundfünfzig Jahre danach – wahrnahm.

Am Waldesausgang erreichte er eine gut ausgebaute Landstraße. Sie musste damals zum Gefangenensammelplatz geführt haben. Hier durfte er an diesem schönen heißen Sommertag seinen Trip fortsetzen, seinem Tagesziel entgegenradeln.

Ein Radfahrer sollte eine größere Fahrt mit gutem Kartenmaterial weitgehendst vorbereitet haben; allein, er kann es nicht bis in alle Einzelheiten tun. Immer wieder gibt es örtliche Gegebenheiten wie etwa die Wege durch die Heide und Sand, gibt es zeitliche Verzögerungen durch Umleitungen und Verfahren, die zwangsläufig zum schnellen Umdisponieren führen, ja, die es manchmal sogar nötig machen, ganz andere örtlich bedingte Entscheidungen zu treffen.

So hatte Martin zwar geplant, an diesem ersten Tage bis in die Gegend von Falkensee oder gar Oranienburg zu kommen, aber der Tag war nun doch schon ziemlich weit fortgeschritten. Und schließlich sollte das Ganze, wenn auch auf den Spuren der Vergangenheit und gelegentlich denen von Theodor Fontane, auch ein wenig Urlaub und Erholung bringen. Statt streng in Richtung Norden noch einige zwanzig, dreißig oder sogar noch mehr Kilometer weiter zu strampeln, wollte er gegen vier, fünf Uhr nach guten siebzig Kilometern den ersten Tag ausklingen lassen. So fuhr er denn mit ein paar kleinen Umwegen wieder in Richtung Potsdam, erreichte – diesmal von Westen kommend – den Vorort Bornstedt und fand auch recht bald eine Unterkunft bei privaten Zimmervermietern. Das allabendliche Zeremoniell, das auch an den nächsten Tagen immer in ähnlicher Weise verlaufen würde, spulte sich ab: schweißnasse Klamotten aus und das erfrischende und belebende Bad. Ein wenig sich auf dem Bett langstrecken, etwas erholen und ausruhen gehörte dazu. Und schließlich konnte man die »Ausgehkleidung« anlegen, einen schönen Spaziergang machen und den Spätnachmittag und den Abend ruhig ausklingen lassen.

Hier in Bornstedt würden sich heute Abend gleich mehrere Möglichkeiten dafür anbieten. Da wiesen einmal mehrere Richtungsschilder zum Schloss Sanssouci. Dieses als Weltkulturerbe von der UNESCO ausgezeichnete Denkmal mit seinen prächtigen, von Peter Josef Lené gestalteten Parkanlagen hatte vielen preußischen Königen und Fürsten, vor allem Friedrich II. von Preußen, dem »Alten Fritz«, als Sommerresidenz gedient. Das war der Ort, wohin sich der König während seiner

Regierungszeit von 1740 bis 1786 gern privat zurückgezogen hatte, um sich den Künsten – darunter besonders dem Flötenspiel – zuzuwenden. Bestimmt wäre das Schloss einen Ausflug wert gewesen, aber einerseits war der späte Nachmittag doch schon weit vorgeschritten und zum anderen hatte natürlich dieses weltbekannte Ensemble zum ausführlichen Besichtigungsprogramm vor ein paar Wochen gehört.

Die Wirtsleute verwiesen auf das »Krongut Bornstedt« und hier fand Martin in der Tat ein sehenswertes Mustergut vor, das auf eine lange Geschichte zurückblickte. Es war im Verlauf von Jahrhunderten ebenso mit den großen Kurfürsten und König Friedrich Wilhelm I. verbunden gewesen. Erst in den letzten zwei, drei Jahren war es im alten Stile restauriert worden und stellte sich nun wieder – wie schon vor hundertfünfzig Jahren, als es nach einem Brand von König Friedrich Wilhelm IV. erneut aufgebaut worden war – ein »italienisches Dörfchen« und Landsitz der preußischen Krone dar. Ein schönes kulturelles Ensemble mit Herrenhaus, Brennerei, Hofgärtnerei und Glashütte, Hofbäckerei und Konfiserie, Marktplatz und Weinscheune, das anzusehen sich bestimmt lohnte. Und im angenehmen Biergarten des großen Brauhauses ließ sich Martin an diesem wunderschönen Sommerabend inmitten einiger Hundert weiterer netter Gäste das deftige Abendbrot munden, hier fand er wirklich den erwarteten schönen Ausklang eines ereignisreichen Tages.

In seinem Bett liegend, ließ Martin den Tag rückblickend an sich vorüberziehen. Mit dem ersten Radreiseabschnitt lag ein zufriedenstellender Teil seiner Tour hinter ihm. Viele Ereignisse von damals waren ihm heute, im Angesicht der Gegend, in der er sie erlebt hatte, erneut ins Bewusstsein zurückgekehrt. Aber er hatte auch das Heute als solches voller Freude erlebt.

Ein weites Land mit schönen Dörfern und Städten und freundlichen Menschen. Wege durch Wälder und Flure; Straßen, die durch Felder und Wiesen führten und häufig von prächtigen Alleebäumen begrenzt waren. Er hatte märkische Kiefernwälder und märkischen Sand kennengelernt – eben das Brandenburger Land. Und auf seinem Fahrrad hatte er die Freiheit empfunden, die er nicht geringer einschätzte als der Flieger über den Wolken, wie es so schön in einem Lied von Reinhard Mey heißt.

Er freute sich heute Abend darauf, morgen wieder in die Pedale treten zu können. Und übermorgen wieder … Und überübermorgen …

An allen noch vor ihm liegenden Tagen würde er mehr und mehr über das Land erfahren, würde er die einzelnen Regionen erkunden, würde er jeden Abend auf einen weiteren zufriedenstellenden Tag zurückblicken können.

Er fragte sich, ob er darüber wohl schreiben könne? Möglichst so gut und so spannend, dass sein Bericht auch von Freunden und Bekannten wohlwollend aufgenommen werden würde.

Martin war sich nicht sicher, ob die Beschreibung deutscher Landschaften und die damit verbundenen Erinnerungen an eine so unselige Zeit der deutschen Geschichte überhaupt weiteres Interesse finden könnten.

Über seine größeren Weltreisen, die ihn in den vergangenen Jahren mehrfach nach Afrika und nach Asien geführt hatten, über das exotische Umfeld dort hatte er umfangreiche Reiseberichte verfasst. Und die waren allgemein erfreulich günstig, ja, nicht selten begeistert aufgenommen worden. Aber über ferne Länder zu schreiben, über fremde Bräuche und Sitten, über eigenartige profane und religiöse Kunstwerke zu informieren, seine Leser in ganz andere, unbekannte Kulturkreise hineinzuführen, das war wohl leichter. Bei aller Freude, die er selbst bei seiner nicht gerade gewöhnlichen Tour empfand – für Nichtbeteiligte konnte es dennoch Alltägliches sein, es würde jedenfalls nicht das Flair des Exotischen enthalten.

Nun, wie auch immer, schreiben würde er auf jeden Fall. Und wenn es auch nur für ihn selbst sein sollte. Denn in dieser Beziehung konnte er auf reiche Erfahrungen zurückblicken. Jede seiner vielen Radtouren hatte er schriftlich festgehalten. Natürlich waren seine Darstellungen nicht druckreif; aber in übersichtlicher und eher tagebuchartiger Ausführung war es ihm dennoch stets allergrößte Freude, in diesen Aufzeichnungen herumzublättern, längst vergangene Geschichten jederzeit erneut lebendig werden zu lassen.

Ja, der Plan stand: Schon während dieser Reisetage – vielleicht gleich morgen oder übermorgen – würde er ernsthaft mit seinen Notizen über eine »Radtour durch die Mark Brandenburg« beginnen.

Was hatte er doch kürzlich in einem Fernsehinterview von einem bekannten Schriftsteller gehört? Er hatte gesagt: »Das Schönste am Schreiben ist das Schreiben.«

Durch das Havelland zum Ruppiner Land

Nauen; Ribbeck; Oranienburg

Rückblick 1945: IV, Gefangenenmarsch nach Oranienburg

Der Donnerstag begann wieder mit blauem Himmel und prächtiger Sonne. Wieder Radfahrerwetter. Frohgemut machte sich Martin bereit, heute eine besondere Region Brandenburgs, das berühmte Havelland zu befahren. Doch zunächst stellte sich seinen Plänen etwas weniger Angenehmes in den Weg: Der Schlauchschaden! Hatten die Sandpartien gestern einer zwar, wie er meinte, nicht altersschwachen, aber eben auch nicht neuwertigen Bereifung ihren Stempel aufgedrückt? Nun, zunächst mal aufpumpen und probefahren über fünf, sechs Kilometer. Die Luft hielt. Matin traute dem Braten zwar nicht ganz, aber er wollte sich auch nicht groß aufhalten. Also Radtasche und Rucksack aufgeschnallt und um zehn Uhr herum, als die Sonne anfing, die Erde angenehm zu erwärmen, war er schon ein ganzes Stück weg. Sein Ziel war Nauen, etwa dreißig Kilometer nordwestlich gelegen, wohin es von Bornstedt aus über die Bundesstraße B 173 – die hier aus nahe liegendem Grund als »Ribbecker Straße« ausgeschildert war – eine direkte Verbindung von circa dreißig Kilometern gab.

Natürlich war die Bundesstraße nach Möglichkeit tabu, aber in östlicher Parallelrichtung über Fahrländer See, Satzkorn, Kratzow und manch weitere kleine schöne Orte fand Martin wieder die Strecke, wie sie den Radfahrer erfreut. Aber neben Radfahrers Freud fährt stets auch Radfahrers Leid mit: Hin und wieder träumt der Radler und macht bei aller guten Vorbereitung doch einen Fehler. Ist er an einer Abzweigung einmal nicht ganz bei der Sache, döst er, ist er in die weite Landschaft versunken und bemerkt wegen der schönen leeren Straße und der guten Aussicht den Fehler erst nach vielen Kilometern, dann befindet sich der nachlässiger Fahrer plötzlich doch wieder auf der Bundesstraße. Den gleichen Weg zurückfahren? Das tut er gerade nicht gern, darum heißt es dann schnell: umdisponieren.

Auch Martin war genau dies passiert, aber nach der Karte gab es in fünf, sechs Kilometern Entfernung erneut einen Abzweig, der dann wieder auf die Dörferstrecke führen würde, also kein Beinbruch. Für den Rad-Fernwanderer ist es halt wichtig, allgemein flexibel zu sein. Er muss sich schnell anpassen an ungeplante oder nicht erwartete Situationen. Und für Martin kam heute noch über das Allgemeine hinaus ein Besonderes hinzu: Sein ungutes Gefühl bei der Reifenprüfung hatte sich leider bestätigt. Was so viel bedeutete, dass er alle sechs bis acht Kilometer die Luft nachzupumpen hatte. Wenn es nicht schlimmer werden würde, konnte Martin bis Nauen damit leben; dort würde er in einer Werkstatt Gelegenheit haben, den Schaden gründlich zu beheben.

Die Straße nach Zeestow und weiter von dort nach Bredow – die längliche Abzweigung von der B 173 – bot etwas Ausgefallenes. Sie war nämlich aus dem im Havelland viel gebräuchlichen Kopfsteinpflaster hergerichtet, das sich aber keinesfalls mit den früher auch in vielen anderen deutschen Landstrichen gebräuchlichen Pflastersteinen vergleichen ließ. Hier hatten die Steine vielmehr die Form übergroßer Kiesel, sie wiesen sogar verschiedene Farbnuancen auf. Fürwahr ein schönes Bild. Auf solche einem Pflaster jedoch Rad zu fahren, das schien nahezu ausgeschlossen. Und selbst das Fahrzeug darüber wegzuschieben, war nicht gerade angenehm. Bei allem ländlichen Flair, bei aller Idylle und Eigenheit dieses wunderschönen Landstrichs: Wenn die ganze Strecke vielleicht sieben oder acht Kilometer lang so sein würde, dann wäre dies sicherlich nicht angenehm.

Überdies musste Martin ja auch an den Reifen denken. Bei solch einer hubbeligen Belastung würde das Aufpumpen bestimmt schon alle paar Hundert Meter nötig sein! Aber zum Glück versicherte ihm ein vorbeikommender Autofahrer, dass es sich nur um wenige hundert Straßenmeter mit diesem Belag handele, danach könne Martin wieder mit vernünftigem fahrradfreundlichen Untergrund rechnen. Gott sei Dank, eine gute Auskunft.

So kam er dann doch wohlbehalten und sogar relativ früh in der Stadt an, das Ziel für den heutigen Tag war erreicht. Das Ziel? Na ja, die gesamte Tagesfahrt als solche war um diese Zeit noch nicht beendet. Denn mit dem Havelland und mit dem Dichter Fontane verbindet sich eine wichtige Geschichte, die mit einem gewissen Herrn von Ribbeck zu tun hat. Und mit dessen Birnbaum und mit seinem Garten. Wie Martin irgendwo mal gelesen hatte, sollte das Fontane-Kunstwerk eines der bekanntesten und am weitesten verbreitete Gedichte sein. Und – wie erstaunlich! – auch heutige Schulkinder, die in aller Regel so viel Wichtigeres zu tun haben, als Gedichte zu lesen, auch von Schülern hatte er erfahren, dass sie die Verse über den Herrn von Ribbeck aus «Ribbeck im Havelland» kannten.

Das Dorf Ribbeck lag nur neun oder zehn Kilometer nordwestlich von Nauen entfernt. Der alte Herr dort, sein Gutssitz oder gar sein Schloss, sein Garten, der Birnbaum, die Kirche, das Grab … Wie oft hatte Martin sich dieses Idyll des Havellandes ausgemalt, wenn er Fontanes Meisterwerk zur Herbstzeit interessierten Kreisen hatte vortragen dürfen. Und heute würde er dieses Idyll selbst erleben, würde er das Umfeld des Freiherrn persönlich kennen lernen.

Schnell hatte Martin die kurze Strecke abgeradelt, schon von der Straße aus konnte er das Schloss derer von Ribbeck sehen. Wie das Eingangsschild auswies, war es heute ein Seniorenheim. Und als er das Bauwerk schließlich betrat, fiel ihm gleich in der Vorhalle ein angenehmer Wandschmuck ins Auge. Die altbekannten Verse Fontanes waren in schöner gotischer Druckschrift auf wertvollem Papier niedergeschrieben und in einen geschmackvollen Bilderrahmen eingefasst.

Die Leiterin des Hauses empfing ihn freundlich. Sie konnte ihm natürlich nicht das ganze Haus zeigen, aber Eingangshalle und Treppenaufgang gaben schon einen kleinen Eindruck. Viele Radfahrer, so sagte die freundliche Dame, führen von hier aus weiter nach Kyritz und Neuruppin, Fontanes Geburtsstadt. Von dort hatte der Dichter seine berühmten »Wanderungen« gestartet, die er in vielen Buchbänden beschrieben hatte. Die Fahrt dorthin, in das Ruppiner Land, würde durch weitere bemerkenswerte Landstriche führen, wie etwa das Havelländische Luch und das Rhinluch. Sicher würde man in der Heimat Fontanes auch engere Beziehungen zu seinen Werken knüpfen, würde man eine Bereicherung für diese ganze Fahrt finden. Aber in Bezug auf sein nächstes Ziel Oranienburg hätte der Trip auch einen ziemlichen Umweg von an die hundert Kilometer und damit zusätzlichen Zeitaufwand bedeutet. So schön auch eine solche Fahrt hätte werden können, er würde wohl darauf verzichten müssen.

Die netten Bürodamen im Hause Ribbeck versorgten ihn gern mit Unterlagen, aus denen er manches Wissenswerte sowohl über die jahrhundertealte Geschichte der Familie von Ribbeck erfuhr als auch Ereignisse aus den letzten sechzig, siebzig Jahre. So etwa, dass der Rittmeister Hans von Ribbeck 1944 als »Feind des Volkes« verhaftet und später im KZ verstorben war. Oder dass das Herrenhaus ab 1946 Unterkunft für Flüchtlinge gewesen war.

Martin besuchte die Dorfkirche mit ihrem stimmungsvollen Innern. In den Eingangsbereich des Turmes war eine Kaffeestube integriert, wo die vielen »Birnbaumbesucher« die nach Ribbeck kamen, bei selbstgebackenem Kuchen liebenswürdigen Aufenthalt fanden. Sie konnten sich an Schautafeln über das Areal des Gutsbesitzers informieren und auch über den Birnbaum und den legendären Gutsbesitzer Näheres erfahren.

Unter einen kleinen Empore entdeckte Martin die Familiengruft der Ribbecks und dort als Erinnerungsstück den Stumpf des sagenhaften Birnbaums. Ein Gang über das Gutsgelände mit dem Friedhof der Familie, mit Scheune, Brennerei und Kuhstall rundeten den Besuch ab.

Schließlich genoss Martin noch in dem großen Garten für eine kleine Ruhezeit den schönen sonnigen Nachmittag. Und dann wurde es langsam Zeit, über die Theodor-Fontane-Straße, an der das ganze Ribbecksche Ensemble lag, wieder auf die B5 zu kommen, die Rückfahrt nach Nauen anzutreten.

Zurück in Nauen wurde es nun aber höchste Zeit, das Rad in Ordnung zu bringen. Die erzwungenen Aufpumppausen folgten inzwischen immer rascher aufeinander, daher war Martin froh, eine Werkstatt zu finden, wo er gleich neben einem Schlauch auch eine neue Decke aufziehen konnte. Mit einen neuen Bereifung würde er nun bestimmt ein paar tausend Kilometer ohne Behinderungen fahren können - um die paar hundert noch vor ihm liegenden Kilometer dieses Trips brauchte er sich wohl nicht mehr zu sorgen.

Abend in der Kreisstadt Nauen, die im östlichen Teil des Havellandes liegt. Eine nette Gaststätte, in deren Biergarten es sich angenehm speisen ließ. Nach dem Dunkelwerden in den großzügigen Gastraum umgezogen, konnte Martin schon hier seine Überlegungen vom gestrigen Abend umsetzen. Ein Glas guten Weines beflügelte den Autor, seine Gedanken sprudelten nur so dahin. Gewiss, die Niederschrift würde nicht auf Anhieb druckreif sein, Martin würde sie noch oft ändern und verbessern müssen. Aber der rote Faden bildete sich heraus, das Gerüst entwickelte sich positiv und darüber durfte er sich sehr freuen. Und sein gesamtes Radreiseunternehmen, darüber war sich Martin wohl klar, würde durch diese effektive Erweiterung, durch die zusätzliche geistige Betätigung ein noch größeres Gewicht bekommen.

Von Nauen nach Oranienburg

Mit den Radreiserfahrungen, wie Martin von nun an nannte, die sich in zwei Tagen herausgebildet hatten, lag für Martin nun eine gewisse Routine fest: Gegen sieben Uhr aufstehen und sich fertigmachen, um acht Uhr Frühstück. Danach hieß es dann, die Klamotten zusammenzupacken und sie in Radtaschen und Rucksack zweckmäßig zu verstauen. Das war wohl etwas aufwendiger als das Kofferpacken des Normal-Reisenden.

Schließlich war man so weit: Er trat in die Pedale und erwartete wieder einen schönen Tag. Um zehn Uhr war Martin schon gewöhnlich irgendwo in der Landschaft; mittels seines Handys konnte er den frohen Morgengruß mit seiner Frau austauschen und frohgemut weiter der Route folgen, die er sich am Vorabend, möglichst einigermaßen exakt, ausgearbeitet hatte.

In Oranienburg an der Havel, einer Kreisstadt mit achtundzwanzigtausend Einwohnern und circa dreißig Kilometer von Berlin-Mitte entfernt, würde Martin die Hälfte seiner heutigen Strecke zurückgelegt haben. Dort würde er auch wieder auf die Spur seiner eigenen Vergangenheit treffen. Denn sehr wahrscheinlich hatte man damals, vor siebenundfünfzig Jahren, den Umweg durch das Havelland, so wie er ihn gestern mit größter Freude gefahren war, nicht gemacht.

Vermutlich war man wohl eher, von Potsdam kommend, direkt nordwärts marschiert.

Natürlich konnte er sich nicht mehr an Einzelheiten erinnern, aber er glaubte ziemlich sicher, dass man keine Städte oder größere Orte durchquert hatte. Auf dem Weg, der westlich an Berlin vorbeiführte, war man also an Falkensee, Spandau, Henningsdorf, Velten und Hohen-Neudorf jeweils seitlich vorbeigegangen. Man war gegen Ende April in Oranienburg angekommen. Wieder einmal

verstiegen sich seine Gedanken in die Erinnerung an jene Zeit …

Gefangenenmarsch

Von Potsdam nach Oranienburg, Ende April 1945

Über die Bahnschwellen stolpernd und immer bewusst, dass ein schwerbewaffneter Sowjet-Soldat mit entsicherter Maschinenpistole hinter mir einherstapfte, hatten wir nach ein paar hundert Metern – oder waren es gar schon einige Kilometer? In der durchstandenen Todesangst hatte ich das Gefühl für Raum und Zeit verloren –, nach diesem schrecklichen Weg hatten wir irgendwann den Sammelplatz erreicht.

Bis gestern noch waren mir Sammelplätze als solche von der Deutschen Wehrmacht her bekannt gewesen. Sie machten auf den ersten Blick zwar den Eindruck eines ungeordneten Haufens, dem Treiben in einem Ameisenstaat vergleichbar. Aber dann, bei genauerem Hinsehen, ließ sich schon ein System erkennen. Sobald ich jeweils mit meiner Granatwerfer-Gruppe darauf zugestoßen war, kristallisierte sich mehr und mehr Ordnung heraus, nach den Kommandos, Einsatzbefehle und Absprachen an die richtige Stelle gelangten. Natürlich hatte man auch hier die Verpflegungsfrage geregelt und nach Möglichkeit für eine kleine Ruhezeit gesorgt.

Den heutigen Sammelplatz hingegen beherrschten die Soldaten der Roten Armee. An ihren leinenen Uniform-Blousons und an ihren Käppis prangten auf rotem Grund die Embleme von Hammer und Sichel. Die Schultern zierten breite Achselklappen, die in der Anzahl von roten und gelben Querstreifen Auskunft über den Dienstgrad der Soldaten gaben. Einige standen in Gruppen herum, diskutierten untereinander, andere hielten ihre MPs in den Armen, richteten als Wächter ihr Augenmerk auf die Schar entwaffneter deutscher Soldaten in ihrer Mitte. Das also war eine erste Sammelstelle für WPs, für »Woijna Plenis«, für die nunmehr waffenlosen Angehörigen der Deutschen Wehrmacht, die hier als Kriegsgefangene herangebracht wurden.

Ständig erweiterte sich der Kreis, immer wieder brachten die Rotarmisten Gruppen deutscher Kämpfer in das Rund. Auch mein Soldat schubste mich zu den WPs und ich war einigermaßen froh, nicht mehr seinem eigenen persönlichen Urteil unterstellt zu sein. Seinem Urteil, das möglicherweise, ohne darüber Rechenschaft geben zu müssen, über

Leben und Tod seines Gefangenen hätte entscheiden können.

Sicher, unsere Zukunft war auch hier in der größten Gruppe mehr als ungewiss. Denn unsere Bewacher, die Sieger des Kampfes um Berlin, das waren ja nach der Göbbelschen Propaganda die Bolschewiken, die mongolischen Horden, die Untermenschen, die zu allem fähig waren. Aber dass uns die Rotarmisten zu Hunderten oder gar zu Tausenden erschießen würden, das konnte ich mir nicht vorstellen.

Der Kreis von uns Kriegsgefangenen wurde ständig größer, das Arsenal abgegebener Gewehre wuchs zu einem riesigen Haufen. Immer mehr schwerbewaffneter Bewacher hielten uns fest im Blick, wir durften keine internen Gesprächsgruppen bilden, mussten fast stoisch dasitzen, unser weiteres Los erwartend. Dagegen war der Platz um uns herum erfüllt von Befehlen, Rufen, Schreien, von Gesprächsfetzen in russischer Sprache. Waren wir wohl nach vielen Stunden des Wartens und Sammelns immer noch Hunderte oder zählte dieses erste Gefangenenlager schon Tausende? Ich konnte es nicht mehr abschätzen, zu umfangreich war inzwischen die Zahl von Bewachten und Bewachern geworden.

Irgendwann musste sich aus dem Haufen ein Trupp formieren. »Dawai, dawai«, schallten uns nun ständig die Rufe unserer Bewacher entgegen und mancher Gewehrkolbenhieb landete in den Hüften der Woijna-Plenis.

Eine geschlagene Armee trottete in Vierer- oder Fünferreihen westlich an Berlin vorbei nordwärts. Irgendwann würde die Richtung nach Osten gehen. Wie weit wohl? Bis ins Oderbruch und über die Oder hinweg durch das Warthebruch bis nach Hinterpommern? Würde der Weg bis nach Westpreußen, Posen, Polen führen? Und dann, wahrscheinlich in Viehwagons eng zusammengedrängt, mit der Bahn gar bis Russland, bis zum Ural … Bis nach Sibirien?

Nicht so weit denken! Für den Augenblick sich fügen, Kräfte sparen, um dann, wenn die härteren Zeiten anbrechen würden, ums Überleben kämpfen zu können.

Nach zweitägigem Marsch war Oranienburg erreicht. Im ehemaligen Zuchthaus, das von den Nazis schon 1933 als eines der ersten KZ-Lager erbaut, später aber verlegt worden war, boten die großen eingezäunten Anlagen den Bewachern bessere Gelegenheit, ihre

Menschenfracht übersichtlich zu lagern. Nein, nein! Natürlich lagerten sie im Freien, genauso wie gestern und genauso wie sie es in vielen Nächten würden tun müssen. Ein bisschen Verpflegung wurde verteilt, ein Kanten Brot, vielleicht zweihundert Gramm, und fünfzig Gramm Zucker. Und eine Kelle Suppe – so man denn diese Brühe Suppe nennen konnte. Immerhin, erstes Warmes nach wer weiß wie vielen Tagen.

Und am frühen Morgen erster Appell: „Ras, twa, tri, schitiri …" Das war das erstmalige Abzählen, das später in den stationären Lagern zum täglichen Ritual gehören sollte.

Von Oranienburg aus zogen wir nun – wie erwartet und durch den Sonnenstand bestätigt – ost-, südostwärts, der großen Ungewissheit entgegen. Ja, diesmal marschierten wir in die große Ungewissheit! Im Gegensatz zu früher, vor dreieinhalb Jahren, da der Zug gen Osten ein Siegeszug gewesen war. Sicher waren in unserer Gefangenenkolonne viele ehemalige Soldaten, die damals dabei gewesen waren. Die siegesgewiss vorwärtsgestürmt waren, vom Jubel des deutschen Volkes begleitet und von einer überschwänglichen NS-Propaganda angefeuert. Bis Stalingrad war dieser Sturm nach Osten gegangen

– oder wie die HJ-Jungen im Reich bei ihren Märschen durch die Stadt gesungen hatten: »Nach Ostland geht unser Ritt …« Dann hatte man die Marschrichtung umkehren müssen. Und der Rückzug nach Westen hatte auch nicht an den Grenzen des Reiches Halt gemacht. Er hatte sich bis hierher, bis nach Berlin gezogen. Und die einstmals siegreiche Armee schleppte sich jetzt wiederum ostwärts dahin, diesmal ruhmlos, geschlagen, gefangen, bewacht.

Wer wusste schon, wie viele von diesen Männern jemals die Heimat wiedersehen würden?

Im Barnim

Von Oranienburg nach Bernau

Rückblick 1945: V: Gefangenenmarsch zur Bernauer Heide

Pause, Mittagszeit und Siesta – vor allem aber das Versinken in eine lange zurückliegende Zeit war beendet. Martins Tagesziel war Bernau, eine alte märkische Stadt, am Rande der Region Barnim gelegen. Mit dieser Route wich er vermutlich wieder ein Stück von dem Erinnerungsweg seines »langen Marsches« bei Kriegsende ab. Aber er war schon bei seinem Trip auf Städte dieser Größenordnung angewiesen – in den kleineren Orten und in den Dörfern würde er wohl kaum Unterkunft finden.

Von Oranienburg hatte er abseits von einer in seiner Karte gelb gezeichneten und damit nicht empfehlenswerten Verkehrsader eine orangenfarbene Vorzugsstraße entdeckt. Und der durfte er jetzt wieder mit großer Freude folgen. Schöne Ansiedlungen – es waren zumeist Neubauten aus jüngerer Zeit mit ansprechenden Vorgärten – säumten zunächst noch die Strecke, aber bald wurde auch dieser Wegabschnitt von dem bekannten schönen grünen Bild geprägt. Abwechselnd standen da in kleinen Gruppen Kiefern oder Birken, gelegentlich tat sich auch ein kleiner Mischwald auf.

Leider war es auch diesmal wieder etwas schwieriger gewesen, Landkarte und Wirklichkeit in Übereinstimmung zu bringen. Aber die wenigen falsch und damit zu viel gefahrenen Kilometer lohnten jedoch umgekehrt umso mehr mit wunderschönen Ausblicken.

Irgendwo, wohl schon eher etwas versteckt am Waldesrand, fand sich ein sehr ansehnliches Wirtshaus. Gepflegte Fassade im ländlichen Stil, schwere eichene Eingangstür, blumengeschmückte Fenster, rustikal gepflasterter Hofbereich mit Biergartenatmosphäre – wenn das keine Einladung zu freundlicher Einkehr war! Martin ließ sich Kaffee und Kuchen gut schmecken, er betrachtete dieses Idyll als höchst angenehme Entschädigung für das ungeplante Verfahren.

Das Zurückfahren und Anpassen an die vermeintliche richtige Strecke stimmte allerding auch nicht so ganz … Irgendwie war wohl der Wurm in seiner Radfahrer-Landkarte, irgendwie kam Martin viel zu weit südlich aus. Im Dorf Schönfließ zeigte der Straßenwegweiser nur noch wenige Kilometer Entfernung bis Berlin an! *Aber nicht aufregen, alter Junge, schließlich willst du ja auch ein wenig Urlaubscharakter in deine Fahrt einbringen.* Trotzdem war nun aber ein genauerer Blick auf die Landstraße nötig. Und danach ließ sich dann auch ganz gut für die noch vorliegenden zwanzig, fünfundzwanzig Kilometer bis zum Ziel das Straßenbild einprägen.

Statt, wie ursprünglich geplant, durch die Bernauer Heide, fuhr er nun durch kleine Städte, die bereits durch ihre Ortsnamen wie etwa Schönfließ, Schönerlinde, Schönwalde und Schönow auf recht gefällige und angenehme, ja, auf schöne Gegenden hinwiesen. Und schließlich tat sich dann auch die erwartete Kleinstadt vor ihm auf. Der rote Backsteinturm der schönen St. Marien-Kirche grüßte ihn schon aus einiger Entfernung.

Schnell erreichte Martin Stadtzentrum, das neben einer Vielzahl von Gebäuden neueren Datums auch immer wieder Ausblicke auf alte Zeiten gewährte: Da war etwa das Gasthaus »Schwarzer Adler«. Als »privilegierte Restauration« war es Zeuge früheren Wohlstandes. Leider hatte es an diesem Tag geschlossen, sonst hätte Martin seine Übernachtung hier gebucht. Vorbei an der alten Steinmauer aus Feldsteinen mit einer Höhe von acht Metern, in deren Zuge sich das Steintor erhob gelangte Martin schließlich ins Zentrum vor dem Rathaus und, flankiert von restaurierten alten Bürgerhäusern, auf den Marktplatz. Das Markttreiben war noch in vollem Gange und so erfuhr Martin durch das bunte Treiben der vielen Menschen auch die fröhliche Lebendigkeit einer freundlichen Stadt.

In seinem außerhalb des Zentrums gelegenen Hotel ließ Martin den Tag Revue passieren: Durch das mehrfache Verfahren auf der heutigen Strecke hatte er sich ganz schön abgestrampelt. Schlugen die beiden ersten Tage mit 58 Kilometern zu Buche, so durfte er heute 89 notieren! Sicher Grund genug, ein wenig mehr auszuspannen und nur noch einen kleineren Spaziergang zu unternehmen. Abendbrot, Fahrplanerstellung für morgen, Telefonat mit den Lieben zu Hause und die üblichen Kleinigkeiten des Tagesabschlusses, das sollte wohl für heute genügen.

Das Barnimer Land heißt eine brandenburgische Region, die im Westen vom Ruppiner Land und von Berlin begrenzt wird. Im Osten streckt sich das Märkische Oderland dahin und im Norden schließt sich oberhalb der Stadt Eberswalde das Naturschutzgebiet »Biosphärenreservat Schorfheide-Chorim« an. Dort geht es in das nördlichste brandenburgische Gebiet über, in die Uckermark. Sicher ist auch die Uckermark mit ihren vielen Seen, mit prächtigen Alleen und einer liebreizenden Landschaft eine Reise im Allgemeinen, eine Radwandereise im Besonderen wert. Ob sich für Martin wohl noch einmal die Gelegenheit dazu ergeben würde?

Im Süden von Barnim hat man es schließlich mit dem Naturpark »Märkische Schweiz« zu tun. Alles attraktive Gebiete, die nur so dazu einladen, mit dem Rade erkundet zu werden. Aber dafür hatte Martin heuer nicht die Zeit, er durfte es sich nur wünschen, irgendwann wieder hierher zurückzukehren …

Sein nächstes Ziel war die Stadt Freienwalde, in der Luftlinie gerade nur mal um die vierzig Kilometer entfernt. Aber die ausgeguckte Strecke von guten rotgekennzeichneten Radwanderstraßen folgte fast der Luftlinie – diesmal musste es eigentlich auch mal ohne Umwege klappen!

Gut ausgeruht kurvte Martin am frühen Morgen noch ein wenig durch Bernau, ehe es wieder auf die Route ging. Er besuchte den Markt, versorgte sich mit Marschverpflegung, vor allem mit Getränken, denn die Dörfer, die er durchfahren würde, sahen auf der Karte so klein aus, dass er kaum Geschäfte, geschweige denn Supermärkte, darin erwarten durfte.

Die Sonne schien schon in dieser zeitigen Vormittagsstunde wohlig von einem wolkenlosen Himmel. Was für ein Glück er doch bisher mit dem Wetter hatte. Martin erinnerte sich – recht ungern – an manche Radfahrten, bei denen er fünf, sechs, sieben Stunden lang durch ununterbrochenen Regen hatte fahren müssen. Das war in der Tat nicht gerade wünschenswert oder gar vergnüglich. Vergleichsweise war selbst größere Hitze wohl erträglicher.

Nun, bei dieser Fahrt im Spätsommer des Jahres, mit viel Sonne, aber dennoch angenehmen, erträglichen Temperaturen, da war er doch mehr als gut bedient und er startete, wie in den vergangenen Tagen, wieder mit bester Laune. Gefällige Landstraßen, auf denen er keinem Auto begegnete, führten in streng Ost-Nordost.

Der Ort Albertshof wies wirklich nur einen großen Gasthof auf, der sich höchst beschaulich etwas abseits der Straße darstellte. Hatte es bisher noch ein wenig Wald und Heide gegeben, so führten die nächsten zwanzig, dreißig Kilometer die Straßen nur noch durch Felder, allenfalls am nördlichen Horizont gelegentlich von einer Waldkulisse begrenzt.

Gab es in den beiden nächsten größeren Orten Tempelfelde und Heckelsberg Straßen, die quer zu seiner Richtung, also nach Ost-Südost verliefen, dann musste er damit wieder auf die Gefangenen-Marschroute von 1945 gestoßen sein. Da er nach Freienwalde wollte, kreuzte er nur die Spur der Erinnerungen. Aber eben diese Erinnerungen sollten für die nächste halbe Stunde wieder sein Gemüt erfassen.

Gefangenenmarsch durch die Bernauer Heide

Zwischen Oranienburg und Märkische Schweiz, Ende April 1945

Unser Zug trottete jetzt langsamer dahin. Die unzureichende, einseitige Verpflegung konnte vielleicht gerade mal zum Überleben reichen, sofern man nicht all zu stark körperlich belastet wurde. Aber beim Marschieren – ich schätzte, dass wir so fünfzehn bis zwanzig Kilometer am Tag machten – musste man dem Körper schon eine andere Menge Kalorien zuführen. Gut waren die Leute dran, die von früher her noch einige Reserven in ihrem Körper gespeichert hatten, die noch etwas zusetzen konnten. Bei manchen, vor allen bei den älteren Sechzigjährigen, war das längst nicht mehr der Fall. Oft mussten die kräftigeren Landser den einen oder anderen total Erschöpften kilometerweit stützen. Sie wurden dadurch langsamer, fielen zurück, brachten die Marschordnung durcheinander, verärgerten die Bewachungssoldaten. Und die ordneten dann an, den Geschwächten an den Straßenrand zu setzen; am Ende unserer langen Kolonne, so sagten sie, führen ein paar Lastwagen mit. Und darauf würden die Gehunfähigen verladen werden. Nachprüfen konnten wir so etwas nicht; wir durften nur hoffen, dass es stimmte und dass unseren schwachen Kameraden etwas Hilfe zuteil wurden.

Manchmal am frühen Morgen, wenn wir nach unruhigem Schlaf unter freiem Himmel auf einem feuchten Felde aufwachten, hatte mancher Ältere die Nacht mit niedrigen Temperaturen nicht überlebt, hatte er seine Augen für immer geschlossen. Und wir waren dann noch froh, wenn wir in unserem Kolonnenabschnitt einen etwas humaneren Wachsoldaten hatten. Einen Menschenfreund, der uns erlaubte, schnell ein Grab auszuheben, dem toten Kameraden wenigstens eine annähernd würdige letzte Ehre zu erweisen.

Unsere Überwachungskompanien waren durch ein Reiterschwadron Kosaken verstärkt worden. Keine Don-Kosaken, sondern wohl eher Reitersoldaten, die aus dem fernen Osten hierher gekommen sein mussten. Denn sie hatten mongolische Gesichtszüge und sie ritten wie die Teufel an unserer Kolonne vorbei. In ihren eher kleinwüchsigen Körpern schienen sie die Nachfahren von Dschingis-

Khan zu sein. Und sie verhielten sich auch so. Hatte ich in den ersten Tagen schon mal an Flucht gedacht, so wurde das jetzt mit diesen Bewachern absolut unmöglich. Ich hatte nämlich überlegt, in einem günstigen Augenblick in einen der meistens sehr tiefen Gräben, wie sie an Landstraßenrändern üblich waren, hineinzuspringen. Aber alle hundert Meter, unterhalb der Einfahrten zu den Feldern, waren in diesen Wasserablaufgräben dicke Betonrohre eingesetzt. In so ein Wasserrohr hätte ich hineinkriechen und mich verstecken müssen. Und die Kolonne wäre dann an meinem Unterschlupf vorbeigezogen. Allerdings wäre das auch schon bisher äußerst schwierig und gefährlich gewesen, denn unsere bewaffneten Wächter gingen in einem maximalen Abstand von acht, höchstens zehn Metern neben uns her. Nunmehr, mit den Kosaken in unserer Begleitung, konnte man indes solche Gedanken gänzlich vergessen. Sie ritten auf ihren schnellen Pferden pfeilgeschwind an unserem Zug entlang und ihren scharfen Blicken entging absolut nichts.

Ich dachte mir, wie schön es wohl wäre, solche Reitkünstler, die mit ihren Pferden gleichsam verwachsen zu sein schienen, in Friedenszeiten zu sehen. Wenn sie in einer

Vorführung, in einer gekonnten Show alle bewundernden Blicke auf sich lenken würden. Hier konnten wir nur unsere ängstlichen Blicke auf sie richten, denn bei aller Reitkunst waren sie scharfe Hunde; ihre Reitpeitschen, die Nagaikas, sausten nicht selten über unsere Köpfe hinweg. Und wer mal ungewollt nur ein paar Schritte seitwärts aus der Kolonne heraustrat, der spürte den harten und scharfen Schlag mit dem festen Lederriemen der Nagaika schmerzhaft in seinem Nacken und Rücken. Ich glaube auch, dass diese Bewacher mit ihren Maschinenpistolen ebenfalls kein großes Federlesen machen würden.

Am Abend lag ich, in meinen Arbeitsdienstmantel gehüllt, zusammengekauert auf der kalten Erde. Ich blickte in den Sternenhimmel, der sich jetzt, ohne Kriegslärm, friedlich über uns ausbreitete, der hier genauso aussah wie zu Hause. Ah ja, das Zuhause! Mutter, Vater, Geschwister … Würde ich sie je wiedersehen? Warum musste ich mir das ganze Elend hier nur antun, warum saß ich heute hier, gefangen, entwürdigt, hungernd?

Mit weiteren Gleichaltrigen hatten wir unsere Einberufungsbefehle zum RAD erst Mitte März – das war gerade mal sechs, sieben

Wochen her – bekommen und gleich tags darauf waren wir bereits mit der Bahn von Westdeutschland nach Berlin gefahren. Um diese Zeit hatten die Alliierten an der Westfront schon längst auf deutschem Boden gestanden. Der »Westwall« war bereits Anfang Februar auf breiter Front genommen worden, Ende Februar hatte man am Rhein gestanden, am 6. März war Köln von amerikanischen Truppen erobert worden, am 18. März Koblenz.

Sicher würden die Alliierten heute – wir hatten Ende April/Anfang Mai – bereits das Ruhrgebiet eingenommen haben, möglicherweise war schon halb Deutschland besetzt. Verdammt, ob ich mich wirklich nicht die paar Tage hätte verstecken können?

Aber andererseits – mal hörte man es hinter vorgehaltener Hand, mal erfuhr man es aber auch offiziell durch Rundfunk oder Film – andererseits war es Tatsache, dass die NSDAP mit ihrer politischen Macht ganz rigoros vorging. Für »Feiglinge« war kein Platz mehr im Dritten Reich. Wer geschnappt wurde, durfte trotz aller Jungendlichkeit wohl kaum auf Verständnis hoffen. Zudem glaubte ich auch, dass die Partei-Behörden ohnehin ein kritisches Augenmerk auf mich gerichtet hatten. Denn … Ja, ich erinnerte mich sehr gut an jenen Freitagabend im Januar, an einen Tag, der zwar große Erniedrigung gebracht hatte, an dem ich aber auch gewachsen war: Der Hauptbannführer der HJ – das war der oberste Befehlshaber der Hitlerjugend einer ganzen Großstadt – hatte sämtliche Mitglieder zu einer Zusammenkunft in einen großen städtischen Saal befohlen. Zu vier-, fünfhundert Jugendlichen saßen oder standen wir dort herum, mussten uns zunächst von zackiger Militärmusik und kriegsverherrlichenden Liedern berieseln lassen. Und dann ergriff der Bannführer das Wort. Seine Rede hatte kaum anders geklungen als der Aufruf des Generals vor vier, fünf Tagen, am Vorabend meiner Gefangennahme. Er beschwor uns, dass es in dieser ernsten Stunde, in dieser bitteren Zeit, da die Feinde des Großdeutschen Reiches bis an die deutschen Grenzen vorgestoßen seien und sich gar anschickten, das Reich zu überrollen, dass es jetzt für einen deutschen Jungen nichts Größeres und nicht Ehrenvolleres gäbe, als sich freiwillig für den Militärdienst und damit letztlich für den Fronteinsatz zu melden.

Wir sollten nicht mehr darauf warten, bis die Wehrbezirkskommandanturen die behördlichen Einberufungsbefehle herausgäben, nein, hier und heute wäre es unsere Pflicht und Schuldigkeit, dem Deutschen Volk, vor allem aber dem geliebten Führer gegenüber, uns in die Freiwilligenliste eintragen zu lassen. Und schon gleich in den nächsten Tagen dürften wir dann neben unseren tapferen Soldaten, an der Seite unseres angebeteten Führers in den Kampf ziehen, nur das eine große Ziel vor den Augen: den Fein zu jagen, ihn zu vertreiben, für unser geliebtes Vaterland, für das Großdeutsche Reich, für den Führer zu siegen oder zu sterben …

Ah, wie hatten seine Worte gezündet, wie hatte es im Saal vor Begeisterung gebrodelt. Ja, die NS-Oberen hatten es auf den Führungsakademien der Partei wohl gelernt, die Massen zu begeistern und einzuwickeln. Das war im Januar 1945 in dem Saal einer Großstadt kaum anders als vor zwei Jahren, am 18. Februar 1943 im Berliner Sportpalast bei der berühmt-berüchtigten großen Rede des Propaganda-Ministers. Als Göbbels damals zum totalen Krieg aufgerufen hatte, als er den Zuhörermassen gleichsam ihre eigene Kontrolle entzogen, sie um den kleinen Finger gewickelt hatte, ja, wie hatten die Menschen gejubelte, geschrien, wie hatten sie getobt, mit welcher Begeisterung den Thesen des Volksverführers zugestimmt.

Und HJ-Jungen an diesem Tag, in diesem Saal, sie waren mit der gleichen Begeisterung zu den Tischen gestürmt, um so schnell wie eben möglich von den Unterführern registriert zu werden. Um lieber schon heute als morgen in den Krieg ziehen zu dürfen. Ja, er konnte zufrieden sein, dieser Hauptbannführer, seine Rede hatte Wirkung gezeigt, am nächsten Tag würde er seinem Vorgesetzten, dem Gauleiter, melden können, dass sich alle sechs oder acht HJ-Stämme seines Bannes geschlossen – hundert Prozent! – freiwillig zur Deutschen Wehrmacht gemeldet hätten …

Beim Blick über die Menge war ein Schatten des Unmutes über seinen vorher so freudigen Gesichtsausdruck geflogen. Dreißig, vierzig Jugendliche standen abseits, folgten nicht der Aufforderung zur Registrierung und Unterschrift, standen da, als wären seine markigen Worte an ihnen abgeprallt. Einen Augenblick war der Bannführer verunsichert. Er hatte hundert Prozent Freiwillige melden wollen, hatte sich große Anerkennung einheimsen wollen, aber nun mochten die zehn Prozent dort nicht mitmachen?

Ein zweiter Anlauf und ein dritter – neben Beschwörungen und starken Redewendungen musste der Sprecher werbende, einschmeichelnde, persönliche Worte finden und er erzielte Teilerfolge; einige der Aufrechten, die sich von der Art und Weise des ersten Appells nicht hatten einschüchtern lassen, wurden weich; die Gruppe wurde kleiner, die Wehrdienstverweigerer zählten nur noch fünfundzwanzig … zwanzig … fünfzehn Leute.

Eine neue Taktik der Überredungskunst war gefragt. Aus Werben wurde Drohen, das Wort vom Verräter an der deutschen Sache stand im Raum und eine willige, von den großen Sprüchen einer ganzen Ära infizierte Masse unterstützte den Redner. Schmähungen wurden laut. In der standhaften kleinen Gruppe war nicht jedermann diesem Druck gewachsen, sie schmolz weiter zusammen. Bis auf zehn, neun oder acht Jungen, denen man anmerkte, dass sie in dieser Stunde größer wurden, über sich selbst hinauswuchsen.

Wir mussten uns auf einen Tisch stellen und eine johlende Menge Altersgenossen sprang um uns herum. Schimpf und Schande mussten wir über uns ergehen lassen, wir wurden beleidigt, bedroht und schließlich –

Höhepunkt eines entehrenden Verhaltens – schließlich bespuckte man uns. Jetzt noch kleinbeizugeben und unter menschenwürdigem Zwang zu unterschreiben, das ließ unsere Ehre nicht zu. Aus der Sicht der Masse besaßen wir sie ja ohnehin nicht mehr.

Natürlich waren wir keine Verräter, wir wussten, welche Pflichten wir als Deutsche hatten, wir waren lediglich nicht bereit, unter den gerade erlebten, aus unserer Sicht einschüchternden Bedingungen uns einem unverantwortlichen System unterzuordnen …

Ich wusste nicht mehr, wie der Abend ausgegangen war, zu aufgewühlt waren die Gefühle gewesen. Nur wenige Wochen später war die ordentliche Einberufung erfolgt. Und in deren Folge saß ich heute hier. Ein Gefangener, der für den Wahnsinn in die Kriegsgelüste einer Nationalsozialistischen Führungsschicht zusammen mit hunderttausend weiteren geschlagenen Soldaten zu büßen hatte. Ein verratener Deutscher, der sich mit Millionen anderer verführter Menschen, von denen Abertausende ihre Angehörigen, ihr Hab und Gut, ihren Glauben an ein friedvolles Leben verloren hatten, der sich fragen musste: Wie hatten wir nur so etwas zulassen können?

Märkisches Oderland

Bad Freienwalde; Oderbruch

Rückblick 1945: VI. Gefangenenmarsch zum Oderbruch

Dieser verdammte Krieg!
Martin hatte die vermutliche Route der Kriegsgefangenen nur gekreuzt. Die Kolonne der Woijna-Plenis war damals in südöstlicher Richtung weitergezogen, während sein Weg nach Bad Freienwalde ihn nordwärts führte.

Ein paar Mal gab es streckenweise auch hier, im Grenzbereich zwischen dem Landstrich Barnim und dem Märkischen Oderland, das havelländische Kiesel-Kopfsteinpflaster. Aber er kannte sich ja nun schon gut aus: Mit höchstens hundert Metern Länge setzten solche Straßenabschnitte eher ein angenehmes Bild, das noch durch malerische alte Bauernhäuser oder Scheunen am Rande schön unterstrichen wurde. Eine kurze Strecke das Rad zu schieben und dabei den reizvollen Anblick zu genießen, das gehörte bei einer solchen Tour einfach dazu. Zumal im Großen und Ganzen die Straßen doch recht fahrradfreundlich waren.

Es gab weniger Wald, meist säumten riesige Felder die Straßen. Ihm fiel auf, dass es hier ziemlich selten Windräder für die Stromerzeugung gab; ein ganzer Windräderpark mit acht oder zehn Einheiten, wie sie in vielen Gegenden Deutschlands an der Tagesordnung waren, war ihm auf der ganzen Fahrt überhaupt nur zwei- oder dreimal begegnet. Ob wohl im Land Brandenburg der Wind weniger stark war?

Die Dörfer waren so klein, wie er nach der Landkarte vermutet hatte. Er hatte also gut daran getan, sich schon morgens in Bernau für die Brotzeiten unterwegs eingedeckt zu haben. Und solchen angenehmen Erholungszeiten kam er hier in Feld und Flur natürlich recht gern nach. Er konnte sogar noch etwas Neues entdecken: An einer einfachen Landstraßenallee, auf einer Strecke, auf der er überhaupt keinem Kraftfahrzeug begegnete, standen statt der früher gewohnten Eichen oder Kastanien nunmehr Apfelbäume. Das erinnerte an die westfälische Heimat, wo in ländlichen Gebieten ebenfalls häufig Obstbäume die Straßenränder zierten.

Und die Äpfel hier, Mitte September? Nun, sie waren noch nicht ganz reif, aber sie schmeckten doch schon ganz vorzüglich –

eine willkommene Ergänzung zum Pausenbrot in freier Natur.

Durch die schöne übersichtliche Gliederung der kaum befahrenen Landstraßen kam er nicht nur gut voran, er schaffte es heute sogar, ohne ein einziges Verfahren, ohne ungeplante und zeitraubende Umwege sein Ziel anzusteuern. Und so kam er denn auch ziemlich zeitig, eher als erwartet, in dem schönen Kurstädtchen an.

War es auf dem letzten Abschnitt, auf einem sehr angenehmen, glatt gepflasterten Wirtschaftsweg durch Kiefernwald auch ziemlich kühl geworden, hatte es gar nach Regen ausgesehen, so begrüßte ihn nun die Stadt wieder mit dem schönsten Sonnenschein. Eine Pension hatte er schon in Bernau telefonisch festgemacht, so konnte er ohne großes Suchen den ersten Eindruck gewinnen.

Da es noch früher Nachmittag war – die Uhr zeigte gerade mal halb vier – konnte Martin nicht nur eine sehr erwünschte Kaffeepause machen; er vermochte sich auch schon zusätzlich im Supermarkt mit dem Mineralwasser-Vorrat für morgen – Sonntag, wo die Geschäfte geschlossen waren – reichlich zu versorgen.

Martin dachte gelegentlich daran zurück, wie er vor vielleicht fünfzehn Jahren durch die Nicht-Beachtung des Trinkgebotes in eine ziemlich unangenehme Situation geraten war. Er war damals mit seinem Sohn an einem relativ heißen Sommertag mit dem Rad unterwegs nach Süddeutschland gewesen, um seine Frau in der Kur zu besuchen. Zu der Zeit war noch nicht so häufig von dem berühmten zwei Litern Flüssigkeit pro Tag gesprochen worden. So hatte Martin auch an jenem Tage – vielleicht noch mit unterbewussten Hintergrunderfahrungen aus seiner Jugendzeit, wo er häufig auch während größerer Wanderungen und Fahrten nicht ausreichend getrunken hatte – mit höchstens zwei, drei Dosen Limonade das notwendige Soll sehr stark unterschritten. Die Quittung folgte mit kleiner Zeitverzögerung: Beim Abendessen in einer Gaststätte war ihm plötzlich schwarz vor Augen geworden, er war ohnmächtig zu Boden gefallen und erst Stunden später im Hospital erwacht, noch total benommen. Für den Arzt war der Kreislaufkollaps völlig klar gewesen: Durch die viel zu geringe Flüssigkeitsaufnahme war – gerade beim Essen – die notwendige Blutversorgung des Gehirns beeinträchtigt worden, die Folge war vorhersehbar gewesen. Und seit jener Zeit, nach dieser schweren Erfahrung, war Martin bei seinen Radtouren stets auf der Hut. Einige 0,33- oder 0,5-Literflaschen Mineralwasser gehörten immer zur ständigen Marschverpflegung. Selbst wenn er über längere Strecken keinem Laden, keinem Restaurant oder Café, keinem Kiosk begegnete, er konnte dennoch ungefähr jede Stunde seine Trinkpause einhalten, konnte dafür sorgen, dass ein erneuter Kreislauf-Kollaps wohl nicht mehr so leicht auftreten würde.

Freienwalde ist eine uralte Stadt, die schon zu Beginn des 14. Jahrhunderts urkundliche Erwähnung fand. Als man im 17. Jahrhundert heilkräftige Quellen entdeckte, entwickelte sich Freienwalde sehr bald – wohlwollend unterstützt vom Großen Kurfürsten Friedlich-Wilhelm – zum Kur- und Badeort der Mark Brandenburg.

Im Gegensatz zu der flachen Ebene des Oderbruchs odcr der bereits bisher durchradelten Gebiete, musste Martin hier schon mal kräftiger in die Pedale treten. Schon Theodor Fontane hatte Bad Freienwalde eine »Bergstadt« genannt. Sie wies in der Tat ganz beträchtliche Erhebungen aus. Umso reizvoller fand Martin durch solche Höhenunterschiede manche schöne Aussicht über die Stadt und deren Umgebung. Der mächtige Turm der Nikolaikirche – Backstein-Gotik aus dem 15./16. Jahrhundert – fiel in seinen Blick. Leider war sie geschlossen wie schon viele andere Kirchen auf seinem Weg hierher; gern wäre er ihrer prachtvollen Renaissance-Ausstattung begegnet. Ein reizvoller Kontrast: Die Pfarrkirche St. Georg, ein freundlicher barocker Fachwerkbau vom Ende des 17. Jahrhunderts. Und zwischen den beiden kulturellen Wahrzeichen die leicht hügelige Hauptstraße, flankiert von schön restaurierten Bürgerhäusern.

Martins Quartier befand sich auf der Gesundbrunnenstraße. Diese Promenade bestach durch zahlreiche Villen aus der Gründerzeit, von denen etliche zurzeit restauriert wurden, einige andere sich aber in voller Pracht zeigten. Martin würde heute, nach seinem frühen Feierabend, wohl Gelegenheit haben, diesmal etwas großzügiger durch die Stadt zu spazieren. So machte er sich denn nach dem üblichen Zeremoniell in seiner Pension auf den Weg.

Auf dem Fontaneplatz fand er ein Denkmal mit der Bronzebüste des Dichters. Wie die Inschrift informierte, war Fontane häufig und auch sehr gern in der Kurstadt gewesen. Unter seinen vielen Schriften waren gleich einige dem Kurort und dem sich anschließenden Landstrich Oderbruch gewidmet.

Der Weg führte Martin in den Kurpark, einer klassischen Anlage, die durch den großen Gartenarchitekten Peter Josef Lenné begründet worden war. Mit ihren Ruhezonen, dem Bachlauf mit Brücken und mit dem großen Teich, mit dem Ausblick auf das Kurmittelhaus mit angeschlossener Fachklinik und Moorbad fand er hier ein angenehmes Umfeld zum Flanieren und Ausruhen.

Ein Spaziergang durch den Schlosspark mit schönen Gartenanlagen und Wegen, ein Blick in das Teehäuschen, das Raum für Theateraufführungen und Konzerte bot … Martin genoss den schönen Nachmittag, worin diesmal auch ein reizendes, kulturelles Programm eingeschlossen war.

Schließlich ließ sich Martin im Schlosscafé sein Abendessen gut munden. Der Wirt erzählte ihm noch manches Wissenswerte über die Stadt und deren Geschichte. Unter anderem berichtete er, dass sich die »Alte Oder« nur wenige Kilometer entfernt dahinschlängelte. Die Oder, so wie man sie aus dem Erdkundenunterricht kennt und die etwa zehn, zwölf Kilometer östlich der Badestadt daher fließt, geht auf eine Flussbegradigung zurück, die Friedrich der Große angeordnet hat. Der heutige Grenzstrom zwischen Deutschland und Polen hat demnach erst seit etwa zweihundertfünfzig Jahren sein heutiges Flussbett.

Nach dem Dunkelwerden fand Martin mit dem »Goldenen Bären« ein freundliches Lokal. Ein Samstagabend und eine Umgebung, so recht geschaffen, um bei einem guten Glas Wein seinem Schreibvergnügen nachzugehen und letztlich die Woche recht angenehm ausklingen zu lassen.

Im Oderbruch

In der Nacht zum Sonntag hatte es ziemlich stark geregnet. Als sich Martin nach ausgiebigem Frühstück so gegen neun, halb zehn auf sein Rad schwang, waren die Straßen noch feucht; das Blattwerk der Bäume zierten silbern glitzernde Tropfen und die Luft war noch frisch. Aber auch die Sonne zeigte sich schon mit freundlichem Schein, ließ mit ihrem Licht die Wassertropfen glänzen und strahlen, zeichnete das Bild harmonischer Sonntagsruhe. Und sie erwärmte auch schnell die Erde, trocknete die Straßen, verhalf Martin wieder zu der gewohnten frohen Laune.

Den Fahrplan hatte er gestern zurecht gemacht; über Wriezen und Letschin sollte es bis Küstrin gehen, seiner vorläufigen Endstation, einer Strecke von etwa sechzig, fünfundsechzig Kilometern. Da sonntags in der Regel geringer Verkehr herrschte, nahm er zunächst die Bundesstraße. Zu seiner Rechten breiteten sich noch der Wald und die Hügel des Freienwalder Forstes aus, zur Linken jedoch zog sich der Oderbruch dahin, eine Landschaft so flach wie ein Bügelbrett.

Altranft, der nächste Ort auf der Strecke, wäre mit seinem kulturellen Angebot wohl wieder einen längeren Stopp wert gewesen. Neben seinem glanzvoll restaurierten Schloss aus dem 16. Jahrhundert zeigen sich im Museumsdorf historische Gebäude und Gewerke wie Bauernhof, Fischerhaus, Dorfschmiede, Dorfschule … Man steigt hautnah in die hundertfünfzigjährige Geschichte des Oberlandes ein, erlebt sie sozusagen zum Anfassen.

Das alles sich genauer anzusehen, wäre bestimmt interessant und lehrreich gewesen, aber – wie schon an manchen anderen Orten auf dieser Reise – Martin konnte sich für ein ausführliches Programm nicht die Zeit nehmen.

Er zweigte jetzt von der Bundesstraße ab, wenige Kilometer östlich verlief der Theodor-Fontane-Wanderweg, dem er zunächst einmal folgte. Eine sehr schöne Straße mit gutem glatten Untergrund – fahrradfreundlich! Und als ausgewiesener Weg absolut Kfz-frei. Auf so einem Pfad ließen sich wohl gern auch Hunderte Kilometer fahren. Sicher ein Grund, bei passender Gelegenheit den ganzen Fontane-Weg, der sich über gut achtzig Kilometer vom Schiffshebewerk Niederfinow am Oder-Havel-Kanal im Norden über Wriezen, Buckow bis nach Seelow im Süden hinzieht, abzuradeln.

Auf Martins Teilstück kreuzte der Pfad und Flüsschen nebeneinander her. Dazu schattenspendende Bäume und Sträucher am Wegesrand und dahinter weite Felder – das Märkische Oderland bot eine nicht weniger reizvolle Gegend als die bisher durchfahrenen anderen Gebiete der Mark Brandenburg.

Ein paar Dörfer mit manchmal nur fünf, sechs Häusern, dann war – noch im Verlauf des Vormittags – die Kleinstadt Wriezen erreicht. Von hier aus nahm Martin wieder die Route über die beliebten, kaum befahrenen Landstraßen auf, die jetzt absolut nur noch durch Felder führten. Allenfalls hatten die Straßen hier und da einfachen Alleecharakter; Waldgebiete gab es jedoch nicht mehr. Und auch kleine Dörfer waren untereinander meist fünf, sechs Kilometer entfernt.

Vermutlich befand sich Martin nun wieder auf dem Weg des langen Marsches, den die Gefangenen vor siebenundfünfzig Jahren gezogen waren und der sie von hier aus weiter über Letschin nach Küstrin geführt hatte.

Natürlich hatte damals kein Mensch eine Landkarte gehabt, man hatte lediglich die Richtung einigermaßen exakt nach der Sonne feststellen können; den Weg selbst dagegen eher weniger genau nur nach der im Kopf geschriebenen Landkarte. Aber dass der Gefangenentreck sehr wahrscheinlich durch Letschin gezogen war, hatte Martin vor ein paar Jahren auf ungewöhnliche Weise erfahren: Damals, im April 1995, hatte die Tageszeitung anlässlich des Gedenkens an das Kriegsende vor fünfzig Jahren die Leser aufgefordert, kurze Berichte über die letzten Kriegswochen zu schreiben. Martin hatte mitgemacht, hatte von dem langen Marsch der Woijna Plenis, der von Potsdam rund um Berlin bis nach Küstrin führte, berichtet. Daraufhin meldeten sich telefonisch einige Betroffene, mit denen Martin weiteren Gedankenaustausch hatte pflegen können. Von einem zweiundsechzigjährigen Anrufer hatte Martin erfahren, dass seinerzeit die Gefangenenkolonne durch Letschin gekommen sein musste.

»Ich war damals elf Jahre alt«, sagte der Mann, »und ich weiß noch genau, wie Sie sich damals durch unsere Stadt geschleppt haben. Das war für mich kleinen Jungen so ein trauriges Bild, dass es mir bis heute lebendig ist. Wir Kinder haben versucht, euch ein bisschen Brot zuzustecken, aber die Russen haben uns daran gehindert ... Ja, das war wohl schon schlimm damals ...«

Aufgrund dieser Mitteilung hatte Martin für seine jetzige Radtour den Fahrtverlauf über Letschin geplant. Und wenn er sich nun tatsächlich auf diesem Pfad befand, dann konnte er seinen Erinnerungen wieder freien Lauf lassen.

Gefangenenmarsch zum Oderbruch

Unterwegs in Barnim/Oderland, Ende April/Anfang Mai 1945

Tagelang waren wir nun schon unterwegs – ich hatte gar nicht mehr verfolgt, welches Datum, welchen Wochentag man wohl zählte. Während der Mittags-Marschpause, bei der wir unseren kargen Schlag Graupensuppe hinunterschlangen, rastete einer meiner Kollegen, der ehemalige Schütze Helmut – er war in Westdeutschland zuhause – total aus. Er war mit seinen Nerven absolut am Ende: »Ich will nach Hause! Ich halte es nicht mehr aus! Ich hau jetzt ab«, schrie er immer wieder. »Ich habe seit über einem Jahr meine Frau nicht mehr gesehen. Ich will wissen, wie es meinen Kindern geht …«

Wir versuchten, ihn zu beruhigen, sprachen mit Engelszungen auf ihn ein. Er verstand nicht, wollte nicht verstehen.

»Ich hau jetzt ab«, rief er erneut, sprang auf und wollte losrennen. Mit Mühe und Not konnten wir die Zipfel seines Mantels erwischen, ihn soeben noch festhalten, während er zu Boden stürzte.

Die Kameraden sprachen eindringlicher, ernsthafter auf ihn ein – es half nichts. Zu tief war inzwischen die für ihn unerträgliche Belastung in seine Seele gedrungen. Leider gab es keinen Psychologen in unserem Abschnitt, der die ganze Situation vielleicht hätte besser beurteilen können, der unseren Kameraden womöglich zur Vernunft zurückgeführt hätte. Denn, das war doch ganz klar, er würde nur wenige Schritte weit kommen, mit einem Fluchtversuch wäre unweigerlich sein Todesurteil gesprochen.

Wie gut erinnerte ich mich an eine ähnliche Situation vor einigen Tagen, auf deutscher Seite. Es war in der Nähe Potsdams auf einer Straßenkreuzung gewesen, deren Feldbegrenzung zu einem größeren Platz ausgetreten war. Ohne Feindeinwirkung, also relativ ruhig, hatte dort eine ganze Schar Landser herumgestanden. Sie warteten auf den Befehl, in eine vorgegebene Richtung loszuziehen.

Während ich von meinem etwas entfernten Standplatz zu der Gruppe hinüberblickte, sah ich einen Zivilsten in einem kleinen, von einem Pony gezogenen Karren auf die Soldaten zufahren. Mit meinem erfahrenen Blick erkannte ich sofort, dass der Mann – er schien keine dreißig Jahre alt zu sein – ein Ostarbeiter war. Vermutlich wollte er, genau wie die drei ehemaligen Zwangsarbeiter, die mir bei meinem Trip zwischen den Fronten begegnet waren, sich absetzen. Und nun war er unglücklicherweise bei den Deutschen gelandet. Man hielt ihn an, fragte nach Papieren, die er sicher nicht hatte. In seiner Angst und Not kam es auch bei ihm zur unüberlegten Kurzschlusshandlung. Er sprang vom Karren, lief in eine Richtung, wo keine Soldaten mehr herumstanden, auf das Feld, wollte tatsächlich in diesem offenen Gelände fliehen! Die Soldaten lächelten nur … Vier, fünf … acht, zehn …, ach, ich weiß nicht, wie viele von ihnen zu ihren Gewehren, Pistolen und MPs griffen, einige Salven dem Flüchtenden hinterherschossen. Er war wohl kaum vierzig, fünfzig Schritte weit vorangekommen, dann war er wie ein gefällter Baum umgestürzt, von Dutzenden Kugeln durchlöchert zu Boden gesackt, hatte sein junges Leben, so kurz vor der ersehnten Freiheit, verwirkt.

So gut und so schnell es ging, erzählte ich unserem Kameraden die Geschichte, hoffte, ihn von seinem selbstmörderischen Vorhaben abzuhalten, aber er hatte sich gleichsam in eine Psychose gesteigert.

»Ich will weg, ich hau ab, ich kann nicht mehr!«, rief er von Neuem. Und, obwohl wir ihn gewaltsam an Ärmeln und Uniformrock festhielten, schaffte er es irgendwie mit übermenschlichen Kräften, uns abzuschütteln, er riss sich aus dem Kreis der Lagernden heraus. An unseren Bewachern vorbei erreichte er das freie Feld, rannte, strauchelte, richtete sich wieder auf und rannte und rannte.

Da hörte man es auch schon knallen und zischen: Die Garbe aus der Maschinenpistole eines Kosaken mähte über die Fläche hinweg. Erbarmen, Gefühl, Verständnis, Mitmenschlichkeit: All die edlen Eigenschaften einer humanen Gesellschaft, die gab es nicht mehr. Helmut stürzte zu Boden, sein lebloser Körper war durchsiebt von den Einschüssen aus der Kalaschnikow.

Vielleicht hätte er in einem Gefangenenlager überlebt, vielleicht hätte er – selbst wenn darüber Jahre vergangen wären – die Chance gehabt, Frau und Kinder wiederzusehen. Aber das war leicht gesagt. Wenn die Nerven blank liegen, wenn man nicht mehr fähig ist logisch und klar zu denken, wenn es einem wie Wahnsinn überkommt – wer wusste schon, wie man sich selbst verhalten würde.

Wieder hatten wir einen verständigen Wachposten, wieder durften wir unserem Freund wenigstens ein Grab schaufeln. Anders als dem erschossenen Ostarbeiter damals bei Potsdam, den man auf dem Felde einfach liegen gelassen hatte, konnten wir Helmut noch ein letztes Gedenken erweisen.

Und ich fragte mich voller Schauder, wie vielen es jetzt noch – sicher waren es nur noch Tage bis zum Kriegsende – ähnlich ergehen würde, wie viel Tote, wie viel Elend und Leid, wie viel Not, wie viele Opfer dieser verdammte Krieg noch fordern würde.

Total fertig setzte ich mich abseits auf die Straßenböschung. Ich bekam keinen weiteren Löffel Wassersuppe mehr hinunter, zu sehr hatten mich die Erschießungen des Kameraden und des russischen Zivilisten bei Potsdam mitgenommen und betroffen gemacht. Da wurden diese unbewaffneten Männer, ohne in eine kriegerische Handlung eingebunden zu sein, einfach gewaltsam umgelegt. Und wenn die Täter sich hätten rechtfertigen müssen – was sie natürlich nicht brauchten – dann hieße es in der erbarmungslosen Sprache des Krieges ganz arglos: »Auf der Flucht erschossen!« So einfach wurde eine grauenvolle Tat in dieser schrecklichen Zeit abgetan.

Mir schauderte und meine Gedanken schweiften wieder zurück in die vergangenen Jahre, ließen Bilder lebendig werden, die zwar nicht so grausam wie die der vergangenen zwei, drei Wochen an der Front waren, jedoch auch in der Heimat schlimm genug gewesen waren.

Ja, dieser verdammte Krieg! Seit mehr als fünfeinhalb Jahren tobte er nun schon über Deutschland und Europa. Damals, als er am 1. September 1939 begonnen hatte, war ich noch ein Kind gewesen – mein Gott, wie lange war das schon her? Wenn ich mein bewusstes Erinnerungsvermögen zugrunde legte, also etwa vom Schulbeginn an rechnete, dann hatte ich bis jetzt tatsächlich die Hälfte meines jungen Lebens in der Kriegszeit verbracht.

Durch den ständigen großen Propaganda-Aufwand, der werbewirksam neben den militärischen Feldzügen einher gelaufen war, waren die wichtigsten Ereignisse noch ziemlich geläufig. Im Rundfunk hatten sich die Sondermeldungen überschlagen; die Wochenschauen im Kino waren eine einzige Parade von Siegesmeldungen gewesen. Heroische

Bilder und rühmende Worte begleiteten die glorreichen Siegeszüge der Deutschen Wehrmacht. In achtzehn Tagen war Polen besiegt; dann ging es Schlag auf Schlag weiter: Über den Feldzug im Westen, über die Einmärsche im Norden und im Süden, über die Panzerschlachten in Afrika und schließlich mit dem Vormarsch in die Sowjetunion hatten sich die Kämpfe europaweit ausgebreitet. Nachdem dann gemäß »Bündnisachse Belin-Tokio« auch Japan den Krieg in Fernost begonnen hatte, nachdem sich Amerika auf die Seite der Alliierten gestellt hatte, war schließlich die ganze Welt beteiligt und wir hatten es nun mit dem Zweiten Weltkrieg zu tun. Im Verlauf der Jahre wurden auf den Schlachtfeldern an den vielen Fronten Millionen Soldaten getötet; im Inland verloren durch Bombenangriffe auf die Zivilbevölkerung Hunderttausende Menschen jeden Alters ihr Leben.

Und die Frauen und Eltern, deren Männer und Söhne auf den Kriegsschauplätzen ihr Leben verloren hatten, trugen ihre Trauer still, in sich gekehrt. Nach außen durften sie keine befreienden Tränen zeigen. »In stolzer Trauer«, wie es in den Todesanzeigen hieß, mussten sie Abschied nehmen von ihren

Ehegatten, von Vätern, Söhnen und Brüdern, die als tapfere Soldaten »auf dem Felde der Ehre« gefallen waren.

Und an der »Heimatfront«? Da die wehrfähigen Männer eingezogen waren, wurden wehrunfähige Fachkräfte aus den nicht kriegswichtigen Betrieben abgezogen und in der Rüstungsindustrie dienstverpflichtet. Mussten sie sofort aufsuchen. Übermäßig groß war die Zahl der Frauen und Mädchen, die in Kriegsmaterial produzierenden Fabriken frauentypische Arbeiten verrichten mussten.

Hielten sich die Luftangriffe gegen die Zivilbevölkerung in den ersten Jahren noch in Grenzen, so änderte sich das mit fortschreitender Kriegszeit zu einer ständigen Bedrohung. Die Bewohner jedes Wohnhauses hatten im Keller einen LSR – einen Luftschutzraum – einzurichten. Diesen Schutzraum mussten sie sofort aufsuchen, wenn der Heulton von Sirenen »Fliegeralarm« verkündete. Als dann die britischen Luftangreifer immer schwerere Bomben und Luftminen abwarfen, boten die einfachen Keller keinen ausreichenden Schutz mehr. Darum errichtete man überall in zentralen Lagen einerseits große Luftschutzbunker mit übermäßig dicken Betonwänden und andererseits trieben die Männer in ihrer Freizeit Luftschutzstollen, viele Meter tief, in die Erde hinein – beides Maßnahmen, die etwas mehr Sicherheit boten.

Wenn es ab 1943 praktisch jede Nacht Fliegeralarm gab, dann flüchteten die Bewohner aus ihren Wohnungen in die Bunker, quengelige kleine Kinder auf dem Arm, ein Köfferchen mit wichtigen Utensilien und Dokumenten in der Hand. Oft gab es zwei-, dreimal Alarm in einer Nacht! Dann saßen die Schutzsuchenden ängstlich in den bombensicheren Unterkünften und in den Luftschutzstollen, warteten sehnlich auf die Entwarnung, um wenigstens noch ein wenig Schlaf zu bekommen. Nicht selten jedoch, wenn ein Luftangriff der eigenen Stadt galt, fanden die nächtlichen Heimkehrenden das eigene Haus, von Bombenangriffen getroffen, lichterloh brennend. Oder es war durch Sprengbombentreffer in der Nähe arg mitgenommen, stark beschädigt worden. Oder es war gar durch einen Volltreffer ganz zerstört. Dann tat sich unendliches Leid für die nächste Zeit auf. Und es zeugte schon von gewaltigem Optimismus und von großem Gottvertrauen, wenn ein Betroffener noch sagen konnte: »Gott sei Dank, wir haben zwar alles verloren, aber wir brauchen keine Toten zu beklagen … Wir leben ja noch!«

Am 17. Mai 1943 wurde durch einen britischen Bombenangriff die Staumauer der Möhne-Talsperre zerstört. Binnen weniger Stunden ergossen sich die gespeicherten hundertdreißig Millionen Kubikmeter Wasser in den Möhne-Abfluss und in die Ruhr. Eine gewaltige Flutwelle wälzte sich vom Sauerland her bis in das Ruhrgebiet hinein. Sie begrub, selbst noch weiter entfernt von den Flussläufen, Häuser mit ihren Bewohnern unter sich, sie überschwemmte Dörfer, Felder, Wiesen, Viehherden. Und sie hinterließ tausendfach Tod und Verderben, hinterließ Not, Elend und unvorstellbare Schäden. Selbst noch achtzig, neunzig, hundert Kilometer vom ehemaligen Möhne-Stausee entfernt verspürte man die grauenvolle Wirkung der Wassermassen; in ufernahen Häusern wurden Keller und Erdgeschosse überflutet, erreichten die Wasserstände vier, fünf Meter Höhe.

Tagelang waren wir danach im Einsatz, führten Transporte durch, versuchten zu retten, was noch zu retten war. Um diese Zeit vermehrten die Engländer ihre Luftangriffe;

die entstandenen Schäden an Wohnhäusern und öffentlichen Gebäuden wurden immer umfangreicher. Da die Handwerksbetriebe mit ihren Reparaturen gar nicht mehr nachkommen konnten, wurden wir Lehrlinge in den großen Fabriken – gerade mal zwei Monate nach Lehrzeit-Beginn – den ganzen Sommer 1943 über vornehmlich den Glaser- und Dachdeckerfirmen zugeteilt. Statt unserer Ausbildung zum Werkzeugschlosser, zum Betriebselektriker, zum Dreher, zum Mechaniker oder zu einem anderen technischen Beruf nachzugehen, gab es jetzt wichtigere Arbeiten: Die täglich stetig neu entstandenen Schäden an Fenstern und Dächern waren ständig auszubessern und nach akuten Angriffen gehörte auch der Not-Rettungsdienst dazu.

1944, das fünfte Kriegsjahr, zog über Deutschland, über Europa und über die Welt dahin. Das Kriegsglück hatte sich dem großen Feldherren entzogen: Im Osten hatten die Sowjets an allen Fronten ihre Offensiven begonnen, mit »Abwehrschlachten« musste die Wehrmacht zurückweichen. Afrika war praktisch verloren; im Süden und Südwesten Europas stießen britische und amerikanische Streitkräfte in Südfrankreich und Italien vor;

im Südosten mussten die Deutschen Griechenland und den Balkan räumen.

Am 6. Juni 1944 landeten die Invasionstruppen der Alliierten in der Normandie – der erneute Kampf und damit letztlich auch der Rückzug im Westen begann. Im Sommer ´44 musste ich in einem »Wehrertüchtigungslager« in Belgien eine vormilitärische Ausbildung mitmachen. In solchen Ausbildungsstätten wurden unter militärisch-politischer Führung die 14-, 15-jährigen Hitlerjungen auf das Soldatenleben und auf den großen Freiheitskampf vorbereitet.

Sehr gut erinnere ich mich an die Nachricht, die während dieser Lagerzeit wie eine Bombe einschlug: das gescheiterte Attentat auf Hitler im Führungsquartier »Wolfsschanze« am 20. Juli 1944. Hitler hatte überlebt – Grund für die politische Führung des Lagers, von der Unverletzbarkeit des Führers zu sprechen. Mehr noch als schon in all den vergangenen Jahren beschwor man die Sendung dieses Mannes, den eine gütige Vorsehung dem deutschen Volke geschenkt hatte. Und noch eindringlicher deuteten die Lageroberen dieses Ereignis, uns, die Jugend des Großdeutschen Reiches, auf den geliebten Führer einzuschwören, mit ihm zu kämpfen, ja, für ihn zu sterben!

Im Spätherbst 1944 – das war nach dem Beginn des sechsten Kriegsjahres gerade mal sechs Monate her – holten die Kriegsschäden auch meine Familie ein. Schon praktisch während des ganzen Jahres hatte die Royal Air Force die bisherige nächtliche Bombardierung der Zivilbevölkerung erheblich erweitert; jetzt gab es fast täglich auch schon am Nachmittag Fliegeralarm.

Am 6. November starteten die Bombenflugzeuge einen Tagesangriff auf unsere Stadt. Ich war noch auf meiner Arbeitsstelle in der Fabrik, als das Bombardement begann. So verbrachte ich mit meinen Kollegen etwa anderthalb Stunden im Bunker und darüber war es Feierabend geworden. Aber wir konnten nicht mehr mit der Straßenbahn nach Hause fahren, denn die Verkehrsbetriebe hatte es auch erwischt. So machten wir Lehrlinge uns zu Fuß auf den Weg, sieben, acht Kilometer waren es bis zu unserem Vorort.

Überall am Straßenrand sahen wir neben den beschädigten, schon früher ausgebombten Gebäuden die neuen Auswirkungen des heutigen Angriffs; weitere zerrüttete oder brennende Wohnhäuser, aus denen die armen Betroffenen ihre Halbseligkeiten retteten. Ob auch unser Ortsteil etwas mitbekommen hatte? Im Gegensatz zu den Großstadtzentren des Ruhrgebietes, in denen schon weite Gebiete zerstört waren und in denen die Ruinen gespenstisch in den Himmel ragten, waren wir in den Vororten bisher noch ziemlich glimpflich davongekommen. Natürlich gab es überall Verluste, manch einer hatte auch außerhalb der Stadt Hab und Gut verloren. Und kleinere Schäden gab es ständig ringsumher. Aber im Großen und Ganzen hielten sich die Verwüstungen noch in Grenzen. Noch! Denn mit dem heutigen Tagesangriff wurde das anders. Bange fragten wir uns auf dem Fußweg, ob es mit unseren Elternhäusern wohl gutgegangen wäre.

Und dann kam ich in unsere Straße. Von weitem schon sah ich Rauchwolken über meinem Wohnviertel; von einigen Häusern waren die Dächer gleichsam hinweggefegt und sämtliche Fensterscheiben geborsten. Mein Weitergehen wurde mehr zu einem Rennen, die Angst und Sorge, wie es wohl in meinem Hause aussähe, beflügelte den Schritt.

Zwei Häuser etwa fünfzig Meter von meinem Zuhause entfernt waren ganz schlimm mitgenommen. Eine schwere Bombe war direkt davor auf der Straße eingeschlagen. Der Bombentrichter hatte wohl einen Durchmesser von sechs, sieben Metern; die Gebäude waren fast zu Ruinen zerstört. Totalschaden! Die ehemaligen Einwohner – selbst zerstört und mit den Nerven am Ende – suchten in den Trümmern nach noch Brauchbarem und mussten gleichzeitig aufpassen, nicht von herabfallenden Balken und Mauerstücken erschlagen zu werden …

Mit weiterem Abstand zum Bombeneinschlag verringerten sich die Auswirkungen; allerdings bestand auch hier, durch die Druckwelle verursacht, Einsturzgefahr. Vorsichtig trugen die Leute ihre Möbel heraus – ruhig und gefahrlos in solchen beschädigten Häusern weiterzuleben, das war wohl nicht möglich.

Mein Haus sah ähnlich aus, jedoch war vom Nachbarhaus zur anderen Seite hin noch eine zusätzliche erhöhte Gefahr gegeben: Das Haus war vollständig abgebrannt und stand noch mit seinen Außenmauern wie eine mahnende Ruine auf dem Grundstück. Aus seinem Inneren stieg noch Rauch und Qualm in den düsteren Himmel. Die Feuerwehr, die neben der direkten Brandbekämpfung und

-eingrenzung auch indirekt mit dem Lösch-
wasser die angrenzenden Häuser vor Fun-
kenflug schützen musste, zog gerade ab. Für
sie gab es noch genug zu tun an diesem
schlimmen Spätnachmittag.

Zum Glück sah ich gleich Vater und Mutter. Sie waren, wie alle Bewohner der Straße,
emsig damit beschäftigt, Möbel herauszutra-
gen und aufzuräumen. Glücklicherweise war
ihnen wie auch allen Nachbarn nebenan
nichts passiert. Sie hatten während des Luft-
angriffs im bombensicheren Bunker Schutz
gefunden: Gott sei Dank waren keine Toten
und auch keine Schwerverletzten zu beklagen
…

Anderntags hatten wir eine sehr kleine enge Wohnung zugewiesen bekommen. Einschränkungen und Behelf, das hatte in dieser
Zeit zum täglichen Umfeld gehört. Zum
Glück waren uns in meinem Wohnviertel erneute größere Luftangriffe, die wiederum
vielfaches weiteres Leid verbreitet hätten, erspart geblieben.

Aber heute? Wie mochte es nur heute aussehen? Ob bei den Kämpfen im Ruhrgebiet,
beim Vormarsch der Alliierten und beim
Rückzug der deutschen Truppen, ob bei möglicherweise starkem Artillerie-Beschuss nicht

doch noch das große Unglück über meine Lieben hereingebrochen war? Ach, diese zermürbende Ungewissheit ... Ach ja, dieser verdammte Krieg!

Der Leiter unseres Kriegsgefangenenzuges hatte uns bisher immer sehr geschickt nur über Landstraßen geführt. Nie war es durch ein Dorf gegangen, nie hatte sich die Gelegenheit ergeben, mit der deutschen Zivilbevölkerung in Kontakt zu kommen.

Gelegentlich sah man etwas entfernt auf Parallelstraßen die Trecks deutscher Flüchtlinge. Vermutlich zählten sie schon zu den Vertriebenen, die jenseits der Oder ihre Heimat verlassen mussten. Sie zogen jetzt gegen Westen, in der entgegengesetzten Richtung unserer Kolonne dahin. Und für sie würde es, weiß Gott, noch ein langer Leidensweg sein; sie würden noch überreichlich Not und Elend erfahren. Ein kleiner Trost, wenn es denn in ihrer Lage überhaupt einen Trost geben konnte; neben den Flüchtlingen tobten keine kriegerischen Kampfhandlungen mehr, sie brauchten auf diesem schweren Wege wenigstens nicht mehr mit zusätzlichem Beschuss und Bombardement zu rechnen. Sie würden keine gewaltsam getöteten und verletzten Leidensgenossen mehr beklagen müssen, wenngleich auch in ihren Reihen, bei ihren großen Entbehrungen und den oft unmenschlichen Beschwerden und Belastungen, Freund Hein ihr ständiger Begleiter bleiben würde.

Irgendwo trieb eine Gruppe von Rot-Armisten eine ganze Herde Kühe und Rinder nach Osten. Das waren bestimmt über tausend Tiere, die, da die Bewacher mit dem Melken gar nicht nachkommen konnten, vor Schmerz brüllten. Wollten die Soldaten etwa ihre Beute bis nach Russland treiben? Auswüchse von Vergeltungs- und Rachegedanken? Die armen Teufel, die bei den schweren Kämpfen hunderttausende Kameraden verloren hatten, die womöglich vielfach großes Unrecht erfahren hatten, wollten sie jetzt ihre bitteren Verluste durch reiche Beute aufwiegen?

Am Abend sollten wir unser Lager auf einem der großen Felder, wie sie hier im Flachland des Oderbruches üblich waren, herrichten. Schon aus einiger Entfernung sahen wir dort große Erdmieten aufgeschichtet, jene dachförmigen Vorratsgebilde, wie man sie in bäuerlichen Gegenden sehr häufig fand. Sie wurden allgemein für die winterliche Einlagerung von Feldfrüchten erstellt. Etwas stürmischer strebten die Landser darauf zu, versprachen sie sich doch hier, unter der Abdeckung durch Stroh und Erde, einen zusätzlichen Bissen zu ergattern, die magere Überlebensration ein wenig zu ergänzen.

Ob es wohl Kartoffel-Mieten waren? Kartoffeln roh zu verschlingen, sollte wohl unseren geschwächten Mägen nicht allzu gut bekommen. Aber vielleicht waren es ja Rüben – am besten Steckrüben.

Ältere Kameraden hatten schon aus der Zeit nach dem Ersten Weltkrieg gewisse Erfahrungen: Steckrüben könnte man getrost roh verzehren, durch ihren Genuss hätten damals viele überlebt … Ah, wie lief uns schon das Wasser im Munde zusammen.

Wie war das bloß früher gewesen, als man noch nicht so hatte hungern müssen wie in diesen vergangenen Tagen? Sicher, der Krieg herrschte nun schon seit vielen langen Jahren, auch zu Hause hatte man nicht mehr für seine Verpflegung aus dem Vollen schöpfen können. Aber man war doch noch ausreichend satt geworden. Über die ganze Kriegszeit hatte es Lebensmittelkarten gegeben und die Nahrungsmittelrationen waren von Jahr zu Jahr geringer geworden. Aber irgendwie war man doch so einigermaßen über die Runden gekommen.

Für Sonderverkäufe hatten die Verbraucher oft viele Stunden vor Lebensmittelläden, vor Gemüse- und Fischverkaufsständen in langen Schlangen angestanden. Viele Leute in den Vororten der Städte und in Siedlungen hatten – so wie es auch bei mir zu Hause üblich war – Hausgärten, manchmal auch zusätzlich ein Feld von zwanzig, dreißig Ruten Ackerfläche. So hatten wir zur Eigenversorgung zusätzlich Gemüse und Kartoffeln angebaut, hatten den Speiseplan anreichern können. Und schließlich hatte es noch für Zechen- und Fabrikarbeiter zusätzliche »Schwerarbeiter-Lebensmittelkarten« und gewisse Sonderrationen gegeben, mit deren Hilfe ebenfalls der Tisch ein wenig großzügiger hatte gedeckt werden können.

Und wenn man die Erinnerung noch weiter zurückschweifen ließ? Bis in die Vorkriegszeit? Da war es üblich und noch zulässig gewesen, dass man in den Vorort-Siedlungen – reine Bergarbeitersiedlungen hießen „Kolonien" – ein Schwein halten konnte. Jedes Jahr war der Fleisch- und Wurstvorrat »hausgeschlachtet« worden – besonders begehrt war dabei der hausgemachte, selbst geräucherte Schinken gewesen. Verbunden mit den Gartenerzeugnissen war die Selbstversorgung fast so perfekt wie auf dem Lande gewesen. Dort, im bäuerlichem Umfeld war man – auch während des Krieges – natürlich noch besser dran gewesen. Das hatte ich selbst erlebt, als ich 1942 für ein halbes Jahr zu einem kleinen Bauern, dessen Haupterwerbszweig die Lohndrescherei war, nach Ostwestfalen gegangen war. Der Garten dort war riesig im Vergleich mit unserem Gärtchen zu Hause gewesen. Neben den üblichen Landprodukten hatte es Obst, von Äpfeln über Birnen bis zu Pflaumen und Beeren in Menge gegeben, Köstlichkeiten, die in den Städten doch schon arg beschränkt gewesen waren. Es hatte Hühner gegeben und damit beliebig viele Eier. Und Kühe und Rinder. Obwohl man die Milch hatte abführen müssen, war dennoch mehr als genug für die eigene Versorgung über geblieben. Man hatte sogar – das war zwar nicht gestattet, aber »schwarz« tat es jeder – die Butter für den Hausgebrauch selbst erzeugen können. Und das Abendessen! Was für eine Erinnerung an richtiges Sattessen! Fast zeremoniell war eine Riesenpfanne mit Bratkartoffeln auf den Küchentisch gestellt worden. Daneben all die anderen Leckerbissen für ein üppiges Mahl.

Und jetzt hier, auf diesem Marsch durch das Oderland, das wir da hungernd durchquerten? Was würden wir heruntergekommenen, zerrissenen, entmutigten Woijna-Plenis für so eine Pfanne fetttriefender Bratkartoffeln wohl ...?

Aber nicht so hohe Ansprüche stellen, sagten wir uns, die Kartoffeln wären auf jeden Fall schon mal was. Besser jedoch ... Ja, es wäre wirklich besser und noch erfreulicher, wenn es sich bei dem Schatz in den Mieten lieber um Steckrüben handelte.

Ich hatte zwischenzeitlich altes Schulwissen aus den Tiefen meines Gedächtnisses hervorgekramt. Im Biologieunterricht hatte man seinerzeit erfahren, dass Steckrüben durchaus hochwertige Lebensmittel waren, dass sie Vitamine – ich glaube, das war B12 – und vor allem Spurenelemente enthielten, die namentlich so geschwächten Menschen, wie wir es nun einmal waren, wieder einen Schuss Lebenskraft gäben ...

Als die ersten Gefangenen das Feld erreicht hatten, stellten sich unsere Wächter verstärkt großräumig auf; schließlich mussten sie ja nach wie vor jeden Fluchtversuch unterbinden. Und die Landser stürmten nun auf die Mieten, gruben mit bloßen Händen die Erdauffüllungen und darunter die Strohabdeckungen frei, zogen die ersten Früchte hervor.

Es war Rote Bete. Aber kein Mensch fragte mehr danach, ob man Rote Bete roh verzehren konnte. Gierig stopften wir sie in uns hinein, waren froh, nach tagelanger Warmwasser-Graupensuppe nun endlich mal etwas Knackiges zwischen die Zähne zu bekommen. Und dann, nach reichhaltiger Mahlzeit, wollten wir uns, wie gewohnt und tagelang erprobt, in der üblichen primitiven Art und Weise zur Ruhe legen.

Da fing es zunächst langsam an und es verstärkte sich zusehends mit fortschreitenden Nacht: Der gierige Genuss der rohen Feldfrüchte machte nun doch so manchem Magen und erst recht so manchem Darm der Rohköstler zu schaffen. Und es wurde von Stunde zu Stunde schlimmer. Denn auf so einem Feld gab es ja keine Latrinen, wie man sie sich in stationären Lagern als eine der ersten Maßnahmen erstellte ...

Mehr geschwächt als gestärkt mussten wir uns am nächsten Morgen zusammenraffen, mussten wir unseren Marsch, der nunmehr

von vielen naturbedingten Pausen beeinträchtigt war, fortsetzen. Es war nicht gerade
die gefürchtete Ruhr ausgebrochen, die gefährliche Infektionskrankheit des Darmes. In
manchen Lagern sollte sie später epidemiear-
tig auftreten und viele Betroffene nur so dahinraffen. Immerhin hatten wir eine bittere
Lektion erhalten über die Folgen, die sich aus
ungenügenden hygienischen und sanitären
Verhältnissen ergeben konnte. Und die um so
eher entstanden, je größer die Menschenmas-
sen waren, die so direkt zusammengepfercht
wurden.

Wir duften nur hoffen, bald in festen Lagern untergebracht zu werden. In Lagern, die
möglichst auch über – wenn auch noch so
primitive – sanitäre Einrichtungen verfüg-
ten.

Das Oderbruch

Letschin; Oderdamm; Küstrin-Kietz

Rückblick 1945: VII. Gefangenenmarsch nach Küstrin

Um die Mittagszeit kam Martin in Letschin an. Er erreichte damit jenen Ort, von dem ihm der Telefonpartner vor sieben Jahren berichtet hatte. Natürlich konnte er sich nicht exakt erinnern, dieses Städtchen durchquert zu haben.

An der Durchgangsstraße lag zur Linken ein großer Platz, dessen Mitte ein einzelner Kirchturm beherrschte. Martin fragte die dort spielenden Kinder, was es mit dem Turm auf sich habe. Und sie gaben ihm weiter, was sie von ihren Großeltern her wussten: Es hätte dort, so sagten die Kinder, vor dem Weltkrieg die Kirche gestanden. Durch Bombardements und vor allem durch die schweren Kämpfe 1945 sei sie so stark zerstört worden, dass nichts mehr zu retten gewesen wäre. Nach dem Krieg hätte man die Trümmer weggeschafft und nur den Turm stehen lassen und restauriert. Als Denkmal und Ehrenmal für die Opfer der beiden Weltkriege.

Und an der Stirnwand des Turmes sah Martin dann auch die Gedenktafeln mit den Namen der gefallenen Soldaten.

Im Gasthaus »Zum Alten Fritz« traf Martin auf ein paar ältere Mitbürger, die ihm die Aussage des Anrufes vom Mai 1995 bestätigten.

»Ja«, sagte der eine, »das war verdammt hart damals, als der Iwan seine Großoffensive gestartet hatte. Überall hier waren die Kämpfe. Wir kamen tagelang nicht mehr aus dem Keller heraus. Und als dann endlich alles vorbei war, da marschierten ein paar Wochen später die Gefangenen hier durch. Kann schon stimmen, so Anfang Mai herum zog eine Riesenkolonne von Kriegsgefangenen hier die Straße entlang. Die gingen nach Zechin weiter … Vermutlich nach Küstrin.«

»Ich war dabei«, sagte Martin. »Und jetzt wollte ich diesen Weg einmal nachzeichnen …«

»Mit dem Fahrrad dieselbe Strecke? Das ist ja erstaunlich«, erwiderte der Mann. »Aber gut, dass Sie seinerzeit überhaupt noch lebend davongekommen sind. Sind sicher noch viele gestorben damals? Unterwegs und im Lager? Ihr wart ja ein verdammt runtergekommener Haufen.«

»Ja, leider«, konnte Martin nur bestätigen. »Zu viele mussten auch noch nach Kriegsende dran glauben. Das ist heute noch furchtbar, wenn ich hier bei meiner Fahrt daran zurückdenke.«

»Ja«, sagte sein Gesprächspartner. »Wollen wir uns nur wünschen, dass so etwas nie wieder passiert. Dass unsere Enkel nie wieder einen Krieg erleben müssen. Nun, dann sag´ ich mal ›Gute Fahrt‹ weiterhin.«

»Danke, auch Ihnen alles Gute.«

Martin ging wieder nach draußen zu seinem Rad. Den Platz vor dem Gasthaus zierte ein Denkmal mit einer überlebensgroßen Bronzefigur von König Friedrich dem Großen. Wie Martin noch im Laufe des Tages mehrfach erfahren sollte, hatte der König, der »Alte Fritz«, zu seiner Zeit so einiges mit dem landwirtschaftlichen Gebiet des Oderbruchs zu tun gehabt. Über des Preußenkönigs Verbindung mit der Oder selbst hatte Martin ja schon gestern in Freienwalde einiges erfahren.

Die Hauptverkehrsstraße bog vor dem Gasthaus rechtwinklig zum Süden ab und ein zweiter Straßenabzweig ging gleich von hier aus dem Bogen heraus ebenfalls in Richtung Süden.

Auf einer großzügigen Landkartentafel auf dem Marktplatz hatte Martin neben diesen beiden südwärts führenden Straßen auch schon einen Hinweis auf den Oder-Radweg gefunden. Von der Stadt aus würde man streng in Richtung Osten nach circa acht bis zehn Kilometern über das Dorf Sophiental auf diese, dem Dichter zu Ehren »Fontane-Radweg« genannte Route treffen. Und man hätte dann eine wunderschöne Fahrtstrecke vor sich.

Nur zu gerne wäre Martin diesem Hinweis gefolgt, aber die Spur der Vergangenheit durfte sicher – und das war ja durch den älteren Herrn in der Gaststätte bestätigt worden – über die südöstlich gelegenen Ortschaften Wollup, Zechin und Golzow nach Küstrin geführt haben. Damit war dann eigentlich die Weiterfahrt für diesen wunderschönen Sonntagnachmittag klar. Die gelbe Entfernungskarte an der Straße zeigte an: *Gusow - 12 km.* So weit, so gut. Wirklich so gut? Leider wieder einmal nein. Wieder einmal steckte der Verfahrens- und Umwegsteufel im Detail!

Martin trampelte erst mal los. Eine schöne radfahrgefällige Straße, glatter Asphalt, links und rechts weite Felder, praktisch kein Autoverkehr und sogar ein schöner Rückenwind

– was wollte ein Radfahrer wohl mehr. Manche Streckenabschnitte wiesen mit Alleebäumen am Straßenrand auf ein höchst angenehmes Umfeld. Und dazu die wunderschöne Sonne. Martin war bester Laune und merkte gar nicht, dass er auf einer Strecke von acht, neun Kilometern noch kein Dorf durchquert hatte, obwohl der Ort Wollup doch nur knapp fünf Kilometer entfernt war. Und laut Karte hätten auch an der Straße vereinzelt Häusergruppen stehen müssen. Aber darauf hatte er tatsächlich nicht geachtet. Er hatte lediglich einmal etwas abseits einen größeren Bauernhof registriert.

Vergnügt radelte Martin so dahin, bis sein Weg auf eine große Straße mündete. Und darauf herrschte gar nicht so wenig Verkehr. Eine Bundesstraße? Das durfte nach der Landkarte doch gar nicht der Fall sein. Aber dann sah er auch schon die Straßenschilder. Erstens: *B 167,* zweitens ein Hinweisschild rechts: *Nach Freienwalde 36 km.* Und drittens ein Hinweisschild links: *Nach Seelow 8 km. / Nach Frankfurt 34 km.* Verdammt! Er hatte sich zwar schon etliche Male verfahren, aber dieses hier? Das war der stärkste Schnitzer auf der ganzen Tour, auf der er seit dem Start vorige Woche immerhin schon weit mehr als dreihundert Kilometer abgestrampelt hatte.

Immer die verflixten, allzu flüchtigen Blicke auf die Landkarte! Also wäre es genau die in der Kurve abzweigende andere Straße gewesen. Aber Martin konnte es dennoch ein wenig rechtfertigen: Nach Golzow wäre nämlich der richtige Abzweig gewesen, er war dagegen nach Gusow gefahren.

Gleichwohl durfte er damit eine gute Lehre mitnehmen: Einen Ortsnamen nur insgesamt zu sehen und nach ähnlichem Klang zu beurteilen, ohne ihn ganz genau zu buchstabieren, das konnte schon mal ins Auge gehen. Aber diese gesammelten Erfahrungen würden wohl erst bei zukünftigen Fahrten von Nutzen sein. Heute dagegen? Was war heute zu tun? Die gleiche Strecke, zehn oder zwölf Kilometer, zurückfahren? Und das bei inzwischen stärker gewordenem Gegenwind? So etwas tut ein Radfahrer im Allgemeinen nicht so gerne. Aber eine abzweigende Straße hatte Martin bei seiner fröhlichen Fahrt auch nicht gesehen.

Die Karte, die er sich jetzt – natürlich! – sehr genau ansah, zeigte allerdings auf halber Strecke einen Weg. Und dieser Weg war sogar nicht nur rot gezeichnet, er führte darüber hinaus auch die ausdruckvolle Benennung »Europa-Radweg R1«. Er verlief zwar ein paar Mal abgewinkelt über eine längere Strecke, aber er mündete schließlich erheblich südlich von Letschin wieder auf die richtige Route, nämlich Richtung Golzow. Na bitte! Nur seltsam, dass Martin diesen Weg auf der Hinfahrt vor lauter guter Laune gar nicht wahrgenommen hatte. Verständlicherweise passte er jetzt auf der Teilrückfahrt umso besser auf. Und schließlich fand er auch die Europa-Route, tauschte nun die gute Asphaltstraße gegen einen Feldweg ...

Der erste Eindruck war nicht gerade berauschend. Eigentlich hatte Martin wenigstens einen Feld-Wirtschaftsweg mit festem Untergrund erwartet. Aber soweit er ihn von der Straßeneinmündung aus übersehen konnte, starrte dieser Europaweg geradezu vor Schlaglöchern. Und diese waren vom Regen der vergangenen Nacht zu Pfützen geworden – man konnte fast von einer Seenlandschaft sprechen. Egal! Martin versuchte sein Glück. Schließlich hatte er sich schon bei mancher Gelegenheit in der vergangenen Woche zum versierten Kunstfahrer herangebildet. Gekonnt, aber ebenso auch mühsam zwängte er sich an den Pfützen vorbei, streifte hier und da die dornigen Heckenpflanzen am Wegesrand und fluchte nicht selten vor sich hin. Das sollte ein »Europa-Radweg« sein? Na, dann waren wohl die Kartographen mit ihrer Landkartenzeichnung dem tatsächlichen Ausbau ganz schön voraus. Aber in ein paar Jahren, so hoffte Martin, würde sich hier bestimmt ein echter Radweg entwickeln, vielleicht sogar so gut, wie er ihn heute Morgen bei Altranft mit dem Fontane-Wanderweg vorgefunden hatte. Wenigstens ein kleiner Trost.

Fünfhundert, sechshundert Meter ..., eins, eins-komma-zwei ..., zwei Kilometer – langsam kam Martin voran, hatte dabei, fast verständlich, auch etliche Zwanzig- oder Dreißig-Meter-Strecken schieben müssen. Ob er doch lieber umkehren sollte? Ob er die Strecke auf dem »Europa-Radweg R1« wieder zurücktauschen sollte gegen die schöne Asphaltstraße nach Letschin? Aber andererseits, wenn man die Radweg-Rückfahrtstrecke für das Vorwärtskommen umrechnete, dann brächte das freilich auch schon etwas … *Also gut*, dachte Martin, *jetzt hast du es begonnen, führe es auch zu Ende!*

Mehr schlecht als recht radelte er mit dem notwendigen Geschick weiter; ab und zu fanden sich immerhin auch schon mal auf hundert Meter Länge Betonplattenabschnitte. Kleine Erholung, um sich danach wieder kilometerweit in das Vergnügen zu stürzen, das man nur auf so einem wunderbaren Seeweg voll genießen kann.

Aber mit dem positiven Denken des Radfahrers zog Martin letztlich doch noch ein günstiges Fazit: Auf dieser Fahrt-Teilstrecke wurde ihm die Ausdehnung des Oderbruches so recht bewusst. Die weißen Flecken auf der Landkarte, die nur von den wenigen Straßen- und Bebauungseinzeichnungen unterbrochen waren – hier wurden sie lebendig. Bis zum Horizont kein Haus, keine Siedlung. Nur das sich dahinstreckende weite Land, die abgeernteten Felder, kein Wald in der Ferne, nur hier und da allenfalls Gesträuch, Gestrüpp und ein paar Bäumchen. So in eine scheinbar grenzenlose Weite zu schauen, das hatte schon seinen Reiz.

Martin dachte an Südsibirien, an sich endlos hinziehende Steppen, die er vor Jahren hatte erleben dürfen und die ihn sehr wohl beeindruckt hatten. Was waren das damals für fantastische Gefühle gewesen, als sich die unbegrenzte Landschaft vor ihm ausgebreitet hatte. Nur alle dreißig, vierzig Kilometer ein

Dorf, dazwischen nichts als gräserbewachsenes Land, gelegentlich von kleinen Baumgruppen unterbrochen, ebene Steppe, soweit das Auge reichte. Selbstverständlich ließ sich das Oderbruch konkret damit nicht vergleichen. Zum einen unterschieden sich wohl tektonische Lage, Fauna und Flora und zum anderen wusste Martin ja auch, dass in diesem Oderland – im Gegensatz zu Sibirien – schon nach fünf, sechs Kilometern die »grenzenlose Weite« zu Ende war, dass er wieder in stärker besiedelte Regionen zurückkäme. Aber die Gefühle, das gewisse Staunen, sich mit der reinen Natur in schönem Einklang gleichsam verbunden zu haben, das ließ sich wohl schon vergleichen.

Martin war dann doch eigentlich recht froh, mit diesem Pfad erst so richtig in das Land hineingesehen zu haben. Er kam in Wollup heraus, einer sogenannten Domäne, in der etwa vier, fünf große Bauernhäuser mit ihren zugehörigen Stallungen und Wirtschaftsgebäuden standen. Eine große Informationstafel – in ihrem oberen Teil mit dem Konterfei Friedrichs des Großen geschmückt – klärte ihn darüber auf, was es sich mit diesen Stallungen auf sich hatte: Sie waren damals dem Krieg unterstellte Wirtschaftsbetriebe, Königsgüter, die verdienten Staatsbeamten als Lehen übergeben wurden, gewesen. In preußischer Zeit hatten Domänen große Bedeutung gehabt, nahmen sie doch einerseits große Flächen des Staatsgebietes ein und sicherten sie andererseits fast die Hälfte der Staatseinnahmen ...

Martin hatte nun wieder die richtige Landstraße unter seinen Rädern und so ließ es sich gut nach Plan weiterradeln. In Zechin fand er an der Straßenkreuzung ein Denkmal zu Ehren der gefallenen sowjetischen Soldaten: Ein Obelisk mit rotem Stern und darin die Embleme von Hammer und Sichel; darunter die Gedenktafel, auf der in kyrillischer Schrift der Opfer des Krieges gedacht wurde.

Nun hieß es für die weitere Fahrt: Kurs Ost bis zur Oder, um dort endlich auf den schon gemütlichen Oder-Radweg zu gelangen. Es waren höchstens vier oder fünf Kilometer bis hinter Genschmar, dann befand er sich auf dem Weg, der sich wie eine nagelneue Straße von vier Metern Breite darstellte. Sicher war sie erst in den letzten Jahren nach der großen Oderflut von 1997 entstanden. Wunderschöner glatter Asphalt, der, da so gut wie kein Auto darüber herfuhr, auch Inline-Skater einlud, hier ihrem schnellen Sport zu huldigen.

Auf der linken Seite erhob sich, vielleicht drei, vier Meter hoch, der Oderdamm. Und auf seiner Krone ebenfalls ein gut asphaltierter Weg - eine Radfahrroute, wie man sie sich nicht besser wünschen konnte. Von dieser Erhöhung streifte der Blick nach Westen weit über das Land; einzelne Gehöfte zeigten sich inmitten großer Felder, von kleinen Baumgruppen umgeben. Beim Blick nach Osten gewahrte man in etwa zweihundert bis vierhundert Metern Entfernung die Oder. Das Ufer war stark mit Birken bewachsen, daher war das blaue Wasser des großen Stromes nur hier und da sichtbar. Und zwischen Flussufer und Damm eine fruchtbare grüne Niederung, auf der Rinder weideten. Einzelne Sträucher und Baumgruppen verliehen diesem Marschenland einen höchst angenehmen Ausdruck.

Aber auch die Zweckmäßigkeit dieser Anlage ließ sich gut erkennen: Der breite Landstrich vom Fluss bis hier zum vier Meter hohen Deich bildete gleichsam eine Wanne, war bei einer Hochwasserflut ein Auffangbecken, worin sich pro Kilometer Länge schon einige Millionen Kubikmeter Wassermassen stauen ließen.

Voller Vergnügen radelte Martin auf dem Damm dahin, begegnete gelegentlich anderen Radfahrergruppen, die ebenso fröhlich dahertrampelten. Rundete die Sonne mit ihrem warmen Segen das ganze Bild vortrefflich ab, dann lud so ein Idyll zur Pause, zur Siesta ein. Martin legte sich auf der Flussseite des Dammes ins Gras; er schloss die Augen, wie man es gerne tut, wenn man zufrieden ist, wenn man die Seele baumeln lassen will, Eigentlich hatte er nur so daliegen und wach vor sich hinträumen wollen, aber irgendwie ungewollt schlief er dann doch ein. So konnte er es gar nicht merken, dass sich die Sonne langsam verschleierte. Wolken zogen auf, zuerst waren sie leicht und hell, dann wurden sie dunkler, schließlich erschienen sie schwer und bedrohlich: Es waren Regenwolken. Und plötzlich – für Martin, der sich doch noch bei bestem Sonnenschein ausgestreckt hatte, war es geradezu wie aus heiterem Himmel – plötzlich öffneten sich die Schleusen. Ohne Ankündigung mit ersten flüchtigen Tropfen, ohne leichtes Vorgeplänkel, von einer Sekunde auf die andere stürzte es wie aus Eimern geschüttet auf die Erde nieder.

Martin wurde wach, viel zu überrascht und viel zu spät, als dass er seine rechtzeitige

Vorsorge hätte treffen können. Die wasserabstoßende Windjacke hielt zwar einen dürftigen Regen ganz gut ab, aber für einen richtigen vollen Schauer war die Imprägnierung wohl weniger ausgelegt.

Während er das Rad aufrichtete, um an die Taschen zu gelangen, spürte er mehr und mehr, wie die Feuchtigkeit bis unter die Haut ging. Als würde der Übergang durch regennasse Kleidung nicht reichen, floss vom Gesicht und vom Kopf her noch zusätzlich das Wasser durch den Kragen direkt in die Unterwäsche.

»Verdammter Mist«, entfuhr es Martin; er kramte in aller Eile aus der Radtasche das Regencape heraus und versuchte, so schnell es nur ging, sich das Ding überzuwerfen. Da hatte er noch die Tage darüber geklagt, diese Regenklamotten nur nutzlos herumzutransportieren, und jetzt, wo es darauf ankam, jetzt, wo er sie so dringend brauchte, da musste er wertvolle Sekunden verschenken, konnten sie ihn doch nicht vor dem plötzlichen Guss bewahren. Er versuchte mit seinem Rad bis zu einem Baum in der Niederung zu rennen, um wenigstens etwas Schutz zu erreichen. Hier unten standen freilich nicht alte, stämmige Buchen oder Kastanien oder Eichen, die mit dichtem Blattwerk in weit ausladender Krone absoluten Schutz geboten hätten. Aber so ein kleineres Exemplar half auch schon ein wenig weiter; der große Regenguss wurde zumindest gebremst und etwas schwächer erreichte die Wasserfront den Schutzsuchenden. Martin konnte hier zumindest ein bisschen sicherer als ungeschützt auf dem freien Deich das Unwetter abwarten.

Zu seinem großen Glück war mit dem Schauer kein Sturm verbunden, wie dies seit den letzten Jahren immer häufiger der Fall war. So wurde er zwar nass bis auf die Haut, aber optimistisch, wie es Radfahrer nun einmal sind, war er froh, dass es eben doch nicht noch schlimmer gekommen war.

Fünfzehn, zwanzig Minuten musste er wohl unter dem leidlich schützenden Baum gestanden haben, da verschwand der Spuk so schnell, wie er gekommen war. Die Wolken zogen rasch ab, die Sonne zeigte sich wieder freundlich, sie erneuerte ihre wärmende Kraft und lächelte so heiter vom Himmel herab, als hätte es nie einen Schauer gegeben.

Martin erklomm wieder die Deichkrone; dem asphaltierten Radweg hatten die Wassermassen nichts anhaben können. So gut es ging schwang er sich mit den nassen Klamotten in den Sattel – trotz des guten Wegeuntergrundes ging es wohl mehr schlecht als recht weiter. Bis Küstrin mussten es vielleicht noch zehn oder zwölf Kilometer sein, aber so durchnässt noch die ganze Strecke abmachen? Außerdem wusste er nicht, was ihn dort erwartete. Denn die eigentliche Stadt Küstrin liegt ja jenseits der Oder in Polen, heute auf Polnisch »Kostrzyn« genannt. Auf deutscher Seite liegt der Vorort Küstrin-Kietz – nach der Karte wieder eine jener kleineren Gemeinden, in denen es erfahrungsgemäß schwieriger wäre, eine Unterkunft zu finden.

Aber plötzlich, nach dem Pech, vollkommen durchnässt worden zu sein, stand nunmehr wieder das Glück auf Martins Seite: Nach gar nicht so weiter Fahrt kündigte ein Straßenschild einen kleineren Ort an und dort gab es gleich hinter dem Deich ein Restaurant. Und als sich Martin auf der Sonnenterrasse des Hauses zum Abendbrot niederließ, wobei er gleichwohl hoffte, auch etwas zu trocknen, erfuhr er, dass das freundliche Gasthaus auch eine Pension anbot. Was lag näher, auch sich gleich hier einzumieten, die zuletzt erlebten Unbilden in Ruhe zu ordnen und erst am nächsten Morgen weiterzufahren.

Von der Wirtin hörte Martin, dass man in diesem Oderbereich bei der großen Flut im Juli 1997 noch so ganz eben davongekommen war.

»Der Wasserspiegel stand bis fünf Zentimeter unter der Deichkrone«, sagte die Frau. »Wir hatten wirklich großes Glück. Weiter im Süden bei Frankfurt und auch im Norden gab es die katastrophalen Überschwemmungen, über die Sie im Westen durch das Fernsehen ja ausführlich unterrichtet wurden.«

Diese Auskunft bestätigte die offizielle Mitteilung, die Martin auf einer großen Informationstafel am Deich gelesen hatte. Dort waren im Einzelnen die damals überschwemmten Gebiete nach Quadratkilometern und Schadenshöhen aufgelistet. Wäre nur zu hoffen und zu wünschen, dass eine so schwere Jahrhundertflut, dass solche Schicksalsschläge durch die entfesselte Natur in den nächsten Jahrzehnten nicht mehr, besser noch überhaupt nie mehr auftreten würden.

Am nächsten Morgen war Martin schon um neun Uhr herum wieder auf den Beinen, wieder auf dem Rade. Die direkte Strecke am Deich entlang war gesperrt: Mit Damm- und Straßenbauarbeiten ging man offenbar schrittweise die ganzen Deichanlagen immer wieder durch, man befestigte sie immer besser, um in Zukunft die Überschwemmungsgefahren noch weiter zu verringern. Martin musste daher den Umweg über das Land nehmen, was ihm sogar ganz recht war. Denn auch diese Gegend verwies auf alte Erinnerungen.

Er näherte sich seinem Ziel, der Grenzstation Küstrin-Kietz, somit mehr auf Landstraßen, vor allem aber auch auf Wirtschafts- und Feldwegen, die etwa vier bis fünf Kilometer vom Fluss entfernt durch die Landschaft führten. Das Gebiet ringsum war abgeerntet wie überall auf dieser Fahrt, aber man roch gleichsam seine Fruchtbarkeit. Gestern Nachmittag noch hatte sich der kräftige Regenguss über diese Scholle ergossen. Vor siebenundfünfzig Jahren jedoch, im April 1945, hätte man sicher Hunderte solcher Regengüsse lieber gehabt als die Grausamkeiten, denen dieses friedliche Land damals ausgesetzt gewesen war. Es war geradezu von dem Blute zehntausender getöteter Soldaten, die hier aufeinandergetroffen waren, durchtränkt gewesen, die hier ihr Leben hatten lassen müssen für den Wahnsinn eines Diktators und seiner Clique, die hatten sterben müssen, weil der große Führer von der Weltherrschaft träumte.

Die Rote Armee hatte vermutlich in dieser Gegend ihre Brückenköpfe am westlichen Oderufer gebildet und an jenem denkwürdigen 16. April 1945 hatte unter den Marschällen Schukow und Rokossowski die sowjetische Offensive mit dem Ziel begonnen, Berlin einzunehmen. Den Folgen, die aus diesem Aufeinandertreffen von deutschen und sowjetischen Armeen entstanden waren, war Martin damals begegnet.

Wieder zeichnete die Erinnerung erneut das Bild vergangener unseliger Spuren, die mit diesen heute so friedlich daliegenden Feldern verbunden waren.

Gefangenenmarsch

Durch das Oderbruch nach Küstrin, 4. bis 10. Mai 1945

Der Treck der Woijna-Plenis schleppte sich weiter in südlicher Richtung durch das Oderbruch dahin. Wann endlich würden wir ein festes Lager erreichen? Wann gäbe es wohl endlich mal ein Dach über dem Kopf, wann würde mal sich endlich einmal – wenigstens so einigermaßen – waschen können? Der tägliche Marsch, das Kampieren unter freiem Himmel, die Verpflegungsrationen mit den geringen Mengen an Brot und Zucker und Wassersuppe, das Gejammer der Leute, die nicht mehr weiter konnten, die täglichen Sterbefälle ... Das alles ging an die Nerven, erregte die Nerven.

Ein kleiner Lichtblick wenigstens: Wir hatten mit dem Wetter im Großen und Ganzen Glück. Nachts war es zwar frisch und kühl, aber nicht richtig kalt. Wenn man an all die armen Menschen dachte, die im Januar, im strengsten Winter bei Schnee und eisigen Temperaturen, aus Ostpreußen hatten fliehen müssen, dann konnten wir im Vergleich dazu mit unseren äußeren wetterbedingten Umständen noch zufrieden sein. Wie hätte sich wohl ein großer Schauer ausgewirkt? Ein Unwetter mit Gewitter, Blitz und Donner? Ja, schon ein gewöhnlicher stärkerer Landregen über Tag und Nacht hätte unter den Tausenden Stiefeln der Gefangenen die Felder in Moraste verwandelt. Alles wäre im Schlamm versunken, Schuhe, Rock und Mantel – die ganze Kleidung wäre geradezu erstarrt gewesen vor Dreck und Schmutz. Und in übermäßigem Maße hätten sich bei den Schwächeren Lungenentzündungen entwickelt; die tägliche Sterberate wäre erheblich gestiegen.

Diese schlimmen Folgen waren uns erspart geblieben. Uns begegnete allenfalls gelegentlich etwas Nieselregen, hier und da ein stärkerer Wind, mal ein verhangener Himmel, aber ansonsten … Richtige schlimme Schlechtwettergebiete erlebten wir Gott sei Dank nicht. Meist schien sogar etwas die Sonne, ja, unsere zwar schon äußerst schwierige Lage hätte durchaus noch schwieriger und unangenehmer sein können.

Aber dann gab es ja auch noch die andere Seite, die Ungewissheit über das Leben und die Lage in der Heimat. Wie sah es zur Zeit, in diesen letzten Kriegstagen, in Deutschland aus? Der weiter zurückliegende Zeitraum war mir zwar geläufig, schließlich war ich doch gerade mal erst sechs, acht Wochen von zu Hause fort. Aber wie hatte sich das bis heute weiterentwickelt, wie war wohl die aktuelle Situation? Hier, auf unserem Marsch, hatten wir ja praktisch keine Kontakte zu Zivilpersonen. Und von der militärischen und erst recht von der politischen Führung unserer Wachtmannschaftskompanien durfte man keine offiziellen Nachrichten erwarten. Einzelne Bewachungssoldaten waren im Laufe des langen Marsches zwar etwas lockerer geworden, aber sich etwas umfangreicher mit den WPs zu unterhalten, das war ihnen wohl von oben her untersagt, wenn nicht gar streng verboten worden. Kam es dennoch schon mal zu eher heimlichen, nicht auffallenden Gesprächen, dann erzählte der Soldat lieber von seiner Heimat, von Frau und Kindern. Und auf die Frage nach der Lage in Deutschland, nach dem Stand des Krieges hieß es dann allenfalls: »Germanski Krieg noch nix kaputt. Aber Hitler kaputt ...«

Aus solchen Botschaftsfetzen entwickelte sich geradezu ein Kartenhaus voller Gerüchte. Unsere eigene Situation betreffend, reichte solches Gerede von der Freilassung in Küstrin bis zum Abtransport aller Kriegsgefangenen nach Sibirien. Die Güterzüge stünden in Küstrin schon bereit, wir würden sofort weiterverfrachtet. Und bezüglich der allgemeinen Lage, in Bezug auf die Konstellation des Krieges, wussten einige zu berichten, dass Westalliierte und Sowjets längst zusammengetroffen wären und dass Deutschland bereits kapituliert hätte; andere dagegen wollten erfahren haben, dass sich die westlichen Alliierten mit Hitler verbunden hätten, um nun gemeinsam Front gegen die Sowjets zu machen. Kursierten solche Sprüche durch unsere Reihen, dann wurde man durch diese Parolen noch weiter nervös, unsicher, verrückt.

Mir schien es fast so, als ob es zum geistigen Umfeld des Kriegsgefangenen gehören müsse, – und das sollten wir auch später in den Lagern immer wieder erfahren – mir schien es, dass die Gerüchteküche in unserer verzweifelten Lage geradezu ein notwendiges Übel war. Vielleicht würde man später im normalen Leben – so es denn ein solches noch mal geben sollte – vielleicht würde man dann auch psychologische Untersuchungen durchführen, die diesem Phänomen zu Leibe rückten, die es möglicherweise sogar erklären könnten.

Aber davon hatten wir heute noch nichts, wir mussten damit leben. Und je nach Gemütslage und körperlich-seelischer Verfassung musste jeder Einzelne für sich daraus Hoffnung, Chancen und Überlebenswillen schöpfen oder er musste weiter in Verzweiflung, Depression und Selbstaufgabe versinken.

Immerhin erfuhren wir – auch mehr auf Parolenbasis – dass wir noch bis Küstrin marschieren mussten und dort würde dann so einiges abgeklärt werden.

So um den vierten oder fünften Mai herum kamen wir auf der westlichen Oderseite der einstigen Festungsstadt an. Wir lagerten zunächst in einem riesigen Camp und da seit der großen Schlacht in dieser Region schon gute zwei Wochen vergangen waren, hatte die hinter der kämpfenden Truppe nachrückende Etappe schon ein wenig Ordnung und Übersicht schaffen können.

Es begann mit der ärztlichen Untersuchung und der daraus folgenden Selektion. Unter freiem Himmel waren einige Stationen aufgebaut, jeweils von zwei oder drei uniformierten Militärärzten und -ärztinnen besetzt. In langen Kolonnen rückten wir mit entblößten Oberkörpern zu den Stationen vor.

Man kam relativ schnell an die Reihe, denn die Untersuchung bestand im Wesentlichen aus einer Sichtkontrolle: Der Arzt sah sich mit kurzem Blick die körperliche Verfassung des Anwärters an und schaute ihm ins Auge. Gelegentlich musste ein Untersuchter auch den Mund aufmachen und die Zunge vorzeigen. Das wars dann auch schon im Allgemeinen; nur in wenigen besonderen Fällen wurde auch der Brustkorb abgetastet und das Stethoskop benutzte der Arzt schließlich nur ganz selten.

Aufgrund dieser Gesundheits-Überprüfung wurden die Kontrollierten in vier oder fünf verschiedene Gruppen eingeteilt. Anscheinend wurden gleich hier Verbände zusammengestellt, die für den Weitertransport ins Hinterland vorgesehen waren. Denn es ließ sich vermuten, dass man in den schon seit Monaten von den Sowjets besetzten Gebieten, also etwa in Hinterpommern, Westpreußen, Posen und Polen, bereits Gefangenenlager errichtet hatte. Und dort würde man sicher schon die Woijna-Plenis erwarten. Ob wohl die eine oder andere Gefangenengruppe auch schon für den Abtransport nach Sibirien zusammengestellt wurde? Eine bange Frage, die jeden beschäftigte und von der jeder hoffte, dass es nicht so wäre. Sibirien, das klang nach Wintern mit Temperaturen von vierzig, fünfzig Grad unter Null, das klang nach Verbannung, das klang nach einer Reise ohne Wiederkehr ...

Die Gruppe, der ich zugeteilt wurde, verblieb zunächst in Küstrin. Ein festes Lager, das dem Camp angeschlossen war, verfügte über eine Reihe Baracken – die wurden für die nächsten Wochen unser Zuhause. In Stuben von vielleicht vier mal fünf Metern Grundfläche waren an beiden Schmal- und einer Breitseite rundum Holzpritschen angebracht. Eine über dem Erdboden und eine zweite in etwa 1,50 Metern Höhe darüber. Das waren die Bettstätten für die etwa fünfzig Leute, die sich so einen Raum teilen mussten. Pro Bettenetage konnte man mit ungefähr neun laufenden Metern Liegefläche rechnen, somit entfielen auf jeden Einzelnen knappe vierzig Zentimeter. Wenn man bedenkt, dass ein auf dem Rücken liegender Schläfer circa sechzig Zentimeter Breite einnimmt, dann kann man sich leicht vorstellen, dass wir uns hier buchstäblich wie die Ölsardinen in der Dose fühlen mussten. Der Mantel diente als Unterlage und Zudecke, darunter das blanke harte Holz – nicht gerade ein gemütliches Bett.

Aber trotz aller Enge, trotz aller Einschränkungen: Jetzt hatte man wenigstens ein Dach über dem Kopf. Und, was besonders wichtig war, im Lager gab es eine Sanitärbaracke mit Waschbecken und fließendem Wasser. Und es gab auch, wenn auch nur primitiv, aber es gab sie, richtige Latrinen. Und wenn man sich nunmehr morgens mit kühlem Nass ein wenig erfrischen konnte, dann tat das schon gut.

Die Organisation des Lagerlebens war schon ziemlich perfekt: Nach dem frühen Zählappell stand man Schlange, um eine Brot- und Zuckerration zu empfangen. Zweckmäßigerweise hob man sich einen Teil davon auf, um damit auch noch ein Abendbrot zu genießen. Die Wassersuppe mit Graupen war uns ja schon gut bekannt; sie machte auch für die Zukunft das obligatorische Mittagsmahl aus.

Neben geregelter Verpflegung gab es nun auch schon einen ziemlich gut geregelten Arbeitseinsatz: Nach dem Frühstück marschierten wir, von bewaffneten Soldaten bewacht, in Gruppen von je circa dreißig Leuten hinaus auf die Felder, die vor zwei Wochen noch kriegerische Schlachtfelder gewesen waren. Natürlich waren die Leichen der gefallenen Soldaten schon fortgeschafft worden. Aber das Kriegsmaterial, die Waffen der damals kämpfenden Truppen, stand oder lag noch in großen Mengen herum. Denn zu den vielen Zehntausenden von Soldaten, die sich hier gegenübergestanden hatten, gehörten ja zur Verteidigung ebenso wie zum Angriff Hunderte Panzer, Tausende schwerer und leichter Geschütze, Mengen von Granatwerfern, Maschinengewehren, Mörsern, Aufklärungsfahrzeuge ... Unmengen von Waffen aller Art. Und ein Großteil dieses Waffenarsenals war zerstört oder funktionsunfähig liegen geblieben.

Wir mussten nun dieses Kriegsmaterial mit Werkzeugen wie Schneidbrennern, Schraubenschlüsseln, Hämmern und Meißel, vor allem aber mit unserem körperlichen Einsatz zerlegen und an bestimmten Plätzen zusammentragen. Von dort wurde das so entstandene Schrott-Material später von LKW und von schweren Transportfahrzeugen abgeholt und weggeschafft.

Wenn man im Allgemeinen von einer Schlacht – auch wenn damit die riesige Zahl von fast fünfzigtausend Toten verbunden war – gesprochen hatte, wenn man in ferner Zukunft in historischen Abhandlungen über den Krieg die Schlachten dokumentiert und dabei ebenfalls die Menge der Opfer nennen würde, dann würden sich dabei emotionale Empfindungen dennoch in Grenzen halten. Hier dagegen, im direkten Umfeld der Getöteten, hier bei diesen Räumarbeiten wurde es einem richtig bewusst, was für ein furchtbares Geschehen so eine Schlacht ist. Es ging schon sehr wohl an das Gefühl, wenn man es mit dem Vernichtungsgerät zu tun hatte, mit dessen Hilfe die vielen Zehntausende von Menschen ihr Leben hatten lassen müssen. Es schmerzte wohl, wenn man die Verwüstung der ehemals friedlichen Region erlebte. Man spürte noch lange Zeit nach den abscheulichen Kämpfen die Erbarmungslosigkeit eines brutalen Krieges. Und man nährte umso mehr die Hoffnung, dass so etwas nie wieder passieren durfte.

Im Lager waren wir nun nicht mehr den großen Einschränkungen unterworfen, wie wir sie unterwegs hatten hinnehmen müssen. Denn im Gegensatz zum langen Marsch, wo die Wächter stets ein scharfes Auge auf uns hatten halten müssen, war nunmehr das ganze Areal mit meterhohen Stacheldrahtverhauen umzäumt. In bestimmten Abständen standen im Verlauf des Zaunes Wachtürme. Und von deren Plattformen aus hatten die Wachsoldaten einen guten Überblick über das Lager, vor allen aber auch über die Lagergrenzen. Fluchtversuche waren damit nahezu ausgeschlossen.

Auf dem Lagergelände konnte man sich jedoch frei bewegen. Neben den notwendigen Gängen zur Verpflegungsstation und zur Sanitärbaracke konnten wir uns gegenseitig besuchen und auch Gemeinschaftsgruppen bilden. Zwar war das alles immer noch weit entfernt von Freiheit, wir blieben ja nach wie vor fortgesetzt Woijna-Plenis, Kriegsgefangene, aber es munterte es schon auf. Und abends, wenn wir nach Feierabend vor unseren Buden saßen, konnten wir sogar in gewissem Maße an einer Art kulturellem Programm teilhaben: Wir erlebten Liederabende, die manchmal für Minuten das harte Los der Kriegsgefangenschaft vergessen machten.

Die Lieder wehten von den Unterkünften unserer Wachsoldaten herüber. Auch sie saßen nach Feierabend draußen zusammen, hatten freilich im Gegensatz zu uns WPs ausgiebig gespeist und ich denke, dass auch Wodka und Piwa – das gute russische Bier – ihre Runden machten. Und dann fingen die einfachen Soldaten an zu singen. Nach meiner kurzen militärischen Erfahrung hatte ich gedacht, dass Soldaten im Kriege in erster Linie Kämpfer waren, dass das Töten ihr Handwerk wäre und dass man Gefühle und Sentimentalität bei ihnen vergeblich suchen musste. Ich hätte mir nicht vorstellen können, dass Rotarmisten auch fähig waren, schön zu singen. Und was hatten diese Burschen für Stimmen! Naturtalente! Es ließ uns in diesen Abendstunden alle Unbill der Gefangenschaft vergessen, es lief uns abwechselnd heiß und kalt über den Rücken, wenn russische Volksweisen – oft sogar mehrstimmig – durch den Abend tönten. Man brauchte gar nicht die Texte zu verstehen, man spürte es einfach, wie diese Melodien von der unendlichen Weite ihrer Heimat, von Tundra und Steppe erzählten. Man vernahm den Glockenschlag des fernen kleinen Kirchleins, man empfand die russische Seele. Und wenn frohe Tongemälde dann zum herben Moll hinüberwechselten, wenn dumpfe und getragene Passagen an unsere Ohren gelangten, dann erlebten auch wir sie mit, die Sehnsucht nach der fernen Heimat, die Klage des Mädchens, das den Geliebten im Krieg verloren hatte. Man empfand mit den Sängen die Gefühle von Schmerz und Leid, man versank in Schwermut und Nostalgie. Und man lebte erneut auf, wenn sich die Melodie wieder zur freundlichen Aussage steigerte.

An solchen Abenden wünschte ich mir, dass es wieder Friedenszeiten geben müsste und dass der Kulturaustausch zwischen den Völkern möglich wäre. Wünschte mir, dass ich als freier Mann in einen Konzertsaal gehen könnte und wiederum den Liedvorträgen russischer Chöre lauschen dürfte. Plenis mit empfindsamer Seele, Soldaten, die sich trotz aller Wirren und Nöte des Krieges, trotz aller Unzulänglichkeiten und Bitternis der Gefangenschaft ein weites Herz, ein frohes Gemüt und offene Sinne bewahrt hatten, sie durften hier – und wenn es nur für kurze Stunden oder Minuten war – Hoffnung schöpfen. Hoffnung auf ein Ende der Fesseln, Hoffnung auf ein Wiedersehen mit ihren Lieben, Hoffnung auf eine zukünftige friedliche Welt.

Aber davon waren wir sicher noch weit entfernt. Fürs Erste, für die nahe Zukunft, würde man jeden Morgen weiterhin in die diesseitige reale Welt gestellt werden. In ein Umfeld, das sich Tag für Tag aufs Neue in aller Unvollkommenheit zeigte: in knapp bemessenen Lebensmittelrationen, in Arbeiten unter militärischer Bewachung, in Abgeschiedenheit von der Außenwelt, in räumlicher Enge, in Unkenntnis über das Schicksal seiner Lieben.

Wir waren wenige Tage in unserem Gefangenenlager, da kündigte sich ein Ereignis von großer Tragweite an. Was Nachrichten jenseits des schrecklichen Stacheldrahtzaunes betraf, waren wir nach wie vor nicht besser dran als auf dem langen Weg hierher. Aber eines Morgens sahen wir von unserem Zählappellplatz aus, dass nur wenig entfernt auch unsere Bewachungsmannschaft angetreten war. Der Kommandeur verkündete eine Botschaft und daraufhin sprangen die Soldaten in die Luft, sie schrien »Hurra« und tanzten und lachten. Sie gaben sich so, als sollte ein großes Freudenfest starten.

Uns wurde die Botschaft nicht überbracht, aber das war auch nicht mehr nötig. Denn wir wussten auch so, ohne ein Wort zu hören, was der Kommandant seinen Leuten gesagt hatte. Es waren wohl die von jedermann so sehnlich erwarteten Worte: »Der Krieg ist aus!« Und darüber durften wir uns sicher ebenfalls freuen, wenn auch mehr im Stillen, in uns hineingekehrt.

Kriegsende! Das bedeutete auch, dass die Nazi-Diktatur vorbei war, dass man auf eine neue Zukunft hoffen durfte. Sich Gedanken darüber zu machen, wie diese Zukunft wohl aussehen könnte, das war allerdings noch verfrüht in dieser Stunde. Darüber würden bestimmt auch die Siegermächte mit entscheiden. Aber das Vordergründige, die Hauptsache war ja eben die Gewissheit, dass nicht mehr geschossen und getötet wurde, dass die Grausamkeit des Krieges vorbei war. Allerdings: Not und Elend waren sicher noch lange nicht vorbei … Das hatten wir ja schon unterwegs gesehen: Die Flüchtlingstrecks der Heimatvertriebenen … Wie würden sich die Sieger in dieser Frage weiter verhalten? Und unsere eigene Situation? Dass wir schnell entlassen werden würden, das war wohl kaum anzunehmen.

Ich war mir fast sicher, dass es auch in naher Zukunft noch vielfach Leid, Kummer und Gram geben, dass der Tod noch reichlich Nachlese halten würde, dass wir alle noch an den Folgen dieses Krieges zu knacken hätten. Gleichwohl, es zeigte sich der berühmte Silberstreif am fernen Horizont. Und dem wollten wir vertrauensvoll entgegengehen.

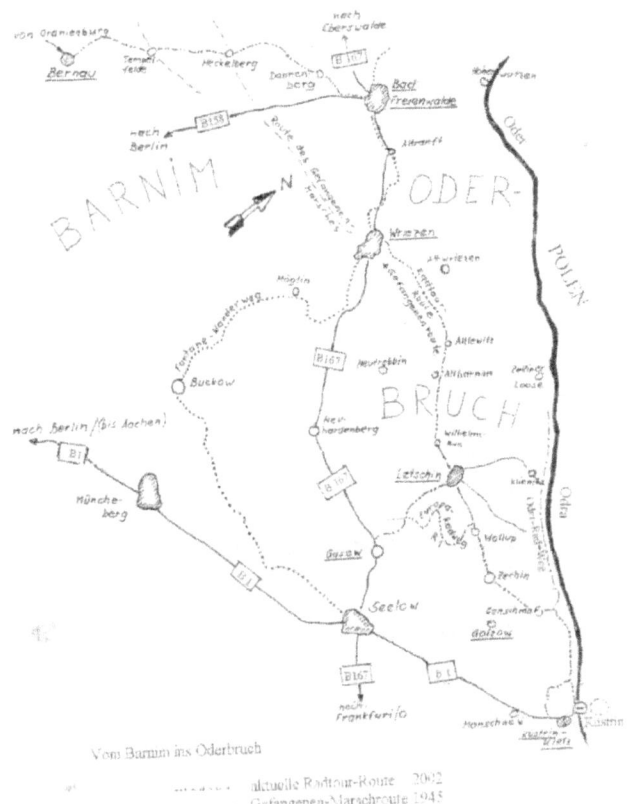

Vom Barnim ins Oderbruch

.... aktuelle Radtour-Route 2002
-------- Gefangenen-Marschroute 1945

Ausklang

Küstrin-Kietz; Auf der Oderbrücke

Erinnerungen 1945: Die stationären Kriegsgefangenenlager

Aus seiner Erinnerung kehrte Martin in die Gegenwart zurück, er war wieder auf seinem Trip, der ihn durch die heute so friedlich daliegenden Felder nach Küstrin-Kietz bringen sollte, ein kleines Grenzstädtchen am Westufer der Oder mit seinem auffallenden Merkmal: der Bundesstraße B1, der Transitstrecke von Deutschland nach Polen, die in dieser Region exakt ost-westwärts verlieft. Nach Westen führte sie von hier aus über Berlin, Potsdam und Brandenburg nach Sachsen-Anhalt, dann durch Niedersachsen bis nach Nordrhein-Westfalen; schließlich endete sie nach 720 Kilometern in Aachen an der Westgrenze der BRD. Nach Osten dagegen ging sie nicht wie früher als B1 nach Königsberg weiter; hier an der Oderbrücke war die große West-Ost-Verbindung quer durch Deutschland zu Ende.

Auch Martins Reise war, was den Teil seiner Erinnerungsfahrt betraf, hier vorläufig zu

Ende. Er war am östlichsten Punkt seiner Radtour angelangt und gleichermaßen hatte er auch die Grenze des Bundeslandes Brandenburg, so wie überhaupt die Ostgrenze der Bundesrepublik, erreicht. Nach 382 Kilometern Radfahrt stand er an seinem vorübergehenden Ziel.

Er hatte eine Reihe schöner Landstriche kennen gelernt, hatte in die Mark Brandenburg hineingeschaut. Und schließlich war damit auch eine Zwischen-Endstation seines Erinnerungsweges gegeben. Die Spuren der Erinnerung selbst gingen freilich jenseits des heutigen Grenzstromes weiter. Martin wollte ihnen jedoch – zumindest auf dieser Reise – nicht weiter mit seinem Rade folgen. Allerdings aber schien es ihm, dass es durch das Abfahren dieses Weges, der vom Fläming und Potsdam her westlich und nördlich um Berlin herum, dann durch das Barnimer Land und das Oderbruch bis hierher nach Küstrin reichte, eine gewisse Beruhigung gefunden hatte. Er hatte einen wichtigen und in früherer Zeit auch belastenden Abschnitt seines Lebensweges aufgearbeitet und er würde mit der Niederschrift auch seinen Kindern und Enkeln einen ausführlichen Blick in eine böse Zeit der deutschen Geschichte gewähren.

Die Wohnsiedlungen des Ortes lagen hauptsächlich südlich der großen Straße, die er bald durchfahren hatte. Natürlich fand Martin im Umfeld der Stadt keinerlei Anhaltspunkte, die konkret das Gedächtnis hätten unterstützen können. Weder die Trasse des alten Stacheldrahtzaunes noch Ruinen damaliger Baracken zeichneten sich ab. Wie sollte es auch? Immerhin waren siebenundfünfzig Jahre vergangen und das war schon eine lange Zeit, in der ehemals greifbare, aber höchst bedenkliche Spuren sehr wohl verwehen.

Martin folgte der Hauptstraße bis zum Oderufer. Wie schon am Tag zuvor ein paar Mal erfahren, wies auch hier eine große Hinweistafel auf manches Bemerkenswerte hin: Unter einer Abbildung Friedrich des Großen konnte man etwa nachlesen, dass der König um 1750 herum den Startschuss für die Oder-Begradigung gegeben hatte. Mit dem streckenweise neuen Flussbett und mit den angeschlossenen Kanalsystemen waren derzeit etwa dreihundert Quadratkilometer Land kultiviert worden. Martin fand also den Bericht des Schlosscafé-Wirtes von Freienwalde bestätigt. Man entdeckte auf der Tafel Erklärungen über die Struktur des Oderbruches, man bekam Auskünfte über Größenverhältnisse und über die Agrarwirtschaft. Mancherlei weitere Daten und Einzelheiten ergänzten das Wissen über diese Region.

Martin fuhr auf die Brücke, stellte sein Rad ab und lehnte sich über das Brückengeländer. Er stützte sich mit den Armen auf, richtete seinen Blick auf das blaue Wasser des Grenzflusses und seine Gedanken eilten noch ein letztes Mal zurück in die Vergangenheit. Heute floss die Oder mit leichten Wellen schön ruhig dahin – kaum mehr vorstellbar, wie so ein Blick vor Jahren ausgesehen hatte: Der liebliche Fluss war im Juli 1977 zum rasenden Ungeheuer geworden, er hatte Hunderte Quadratkilometer Land überschwemmt, hatte Schäden in Millionenhöhe verursacht, hatte manche Gebiete in große Seen verwandelt. Und wenn der Blick noch mal weitere Generationen, mehr als ein halbes Jahrhundert zurückreichte?

Martin ließ seinen Erinnerungen noch einmal freien Lauf. Heute würde er von hier aus wieder nach Westen fahren, sich noch ein wenig im freundlichen West-Brandenburgischen umschauen. Wahrscheinlich würde er dann von der Stadt Brandenburg aus durch das gefällige, seenreiche

West-Havelland bis nach Rathenow fahren; vielleicht sodann noch weiter bis Stendal. Er würde noch einmal einen letzten Blick in diese so prächtige Landschaft werfen und sich danach von ihr verabschieden. Und mit der Bahn ginge es schließlich in den nächsten Tagen in die eigene Heimat, nach Westfalen, zurück.

Damals dagegen war Küstrin nur eine kleine Zwischenstation, ein Auffanglager gewesen; der Treck der Woijna-Plenis hatte jenseits der Oder nach Osten geführt ...

Sicher hatte es im Mai 1945 keine einwandfreien, intakten Brücken mehr gegeben; man hatte das Ostufer vermutlich über eine von den Pionieren errichtete Pontonbrücke erreicht. Und von dort aus waren die Kriegsgefangenen in weitere Lager verfrachtet worden. Der Abtransport war mit der Bahn erfolgt ...

In Güterwagons zusammengepfercht, vielleicht sechzig, siebzig Leute auf einer Wagenfläche von etwa dreißig, vierzig Quadratmetern, war das nicht gerade eine angenehme Reise gewesen. Und da man nie offizielle Hinweise bekam, stieg man in den Zug ein, ohne zu wissen, wohin die Fahrt ging.

Ein großes Aufatmen; bei dieser ersten Fahrt war schon nach einigen wenigen Stunden der Transport beendet; das neue Lager in Hinterpommern empfing den Schub Kriegsgefangener. Ein großes Lager – Martin schätzte, dass bestimmt über zehntausend Mann hier untergebracht waren. Aber solche riesigen Gefangenenansammlungen schienen offenbar noch nicht das Richtige, noch nicht eine günstige Lagergröße zu sein. Jedenfalls erfolgte nach einiger Zeit der nächste Zugtransport. Und weiter ging es in Richtung Ost! Ob es diesmal Sibirien sein würde?

Eine bange Frage, die den Leuten schon zu schaffen machte. Je länger man in diesem verdammten Zug saß, umso unruhiger wurden die Woijna-Plenis. Dazu kam die brodelnde Gerüchteküche. Sie verbreitete auch nicht gerade eine bessere Stimmung. Und überhaupt, für eine längere Strecke in so einem überbelegten Wagon so eingeengt zu sitzen, zu stehen, zu liegen, ja, fast herumzuvegetieren, das sorgte weiter für Frust und Unmut; da stöhnte einer der Geschwächten vor sich hin und dort kämpft ein anderen um ein paar Zentimeter mehr Platz. Der Angeber prahlte herum und ging mit seinem Gequatsche auf den Geist, der Ängstliche wurde durch die Meute weiter verunsichert. Reibereien blieben nicht aus, die Nerven lagen blank. Und das Schlimmste: Nahrungsaufnahme und Notdurft lagen dicht nebeneinander, grausige Hygiene! Es gab keine Fenster, nur pro Wagenseite zwei kleine Öffnungen in knapp zwei Metern Höhe, die mit Leisten auf Abstand zugenagelt waren. Durch die so entstandenen Sehschlitze gelangte nur die Ahnung von ein bisschen Licht in den Raum hinein.

Zwei, drei Tage fuhr der Zug – begleitet von den Befürchtungen der Reisenden – bereits nach Osten, dann war scheinbar doch ein Ziel erreicht. Kleines Aufatmen; diesmal sollte es noch nicht bis Sibirien, ja, noch nicht einmal bis zum Ural gegangen sein, Gott sei Dank. Aber ob es auch dabei blieb? Die Angst vor dem eisigen fernen Osten blieb zumindest als ständiger Begleiter ein treuer Weggefährte in dieser Zeit.

In dem neuen Lager, irgendwo in der weiten Landschaft von Weißrussland, gammelten die Gefangenen vor sich hin. Sie konnten kaum Initiativen ergreifen, denn es handelte sich – wie man recht bald herausfand – wieder nur um ein Durchgangslager. Umso berechtigter die Sorge, wohin es weitergehen würde.

Die ärztlichen Untersuchungen waren etwas aufwendiger und als Folge davon wurden die Gefangenen in mehrere Gruppen eingeteilt. Martin fand sich nach der Selektion in einem Haufen wieder, der sowohl von älteren und geschwächten Soldaten, als auch von den Jüngeren gebildet wurde. Reif für die Entlassung? Das wäre wohl zu schön gewesen, aber daran glaubte so schnell niemand. Immerhin ging es Tage später wieder zum Bahnhof, wieder in die verflixten Güterwagons, wieder in das Ungemach, in die Beschränkung, wie sie von der Eisenbahnfahrt hierher noch so gut erinnerlich war. Trotzdem zeigte sich auch ein hoffnungsvoller Ausblick: Denn soweit es Martin durch die Spalten der Fensterverschläge nach dem Sonnenstand beurteilen konnte, war man auf Kurs West! Falls der Zug des Nachts nicht im Kreise fuhr und somit doch wieder eher die Ostrichtung nach Sibirien aufnahm, müsste man sich wiederum Deutschland nähern. Tagsüber fuhr man jedenfalls, wie gewünscht und erhofft, immer weiter westwärts.

Mitgefangene, die in ihrem Gedächtnis mit der ostpreußischen Landkarte besser vertraut waren, konnten anhand der durchfahrenden Bahnstationen die Erwartungen bestätigen. Und als man nach Tagen die Weichsel überquerte und Warszawa, die durch Kriegswirren stark zerstörte Hauptstadt Polens erreichte, war man immerhin schon wieder fast tausend Kilometer näher der Heimat.

Zum Umsteigen musste man einen anderen Güterbahnhof aufsuchen und zwangsläufig in langer Kolonne durch Warschau marschieren. Dass die Passanten am Straßenrand diesen Gefangenenzug emotionslos hinnehmen würden, hatten die Woijna-Plenis sicher nicht erwartet. Und genau wie befürchtet war es denn auch: Die ehemaligen Soldaten der Deutschen Wehrmacht wurden beschimpft, man drohte ihnen mit erhobener Faust und mit Stöcken, ja, man bespuckte sie. Konnte man das der polnischen Zivilbevölkerung wohl verübeln? Schließlich waren es vor fast sechs Jahren dieselben Wehrmachtssoldaten gewesen, die ihr Land überfallen und ihre Städte zerstört hatten. Hunderttausendfach hatten die damals Besiegten Leid und Not und Tod erfahren müssen und ungezählte Betroffene hatten all die Jahre hasserfüllt auf die Zeit hin gelebt, in der sie Vergeltung und Rache üben konnten.

Martin erlebte zum zweiten Mal dieses Szenario: Vor gut einem halben Jahr, im Januar, war er von den treuergebenen Hitlerjungen, letztlich also von den Nazi-Anhängern angespuckt und angegeifert worden, heute waren es die damaligen Feinde des Dritten Reiches, die Nazi-Gegner, deren Unwillen er nun gleichermaßen ausgesetzt war.

Irgendwo in Polen erreichte der Gefangenentransport sein endgültiges überschaubares Lager mit nur einigen Tausend Inhaftierten. Da die Sowjetarmee Polen schon im Februar zurückerobert hatte, war der Krieg für diese Region praktisch schon seit Monaten vorbei. Entsprechend war das Lagerleben gut durchorganisiert.

Allgemein verlief der Tag grundsätzlich so, wie bisher schon mehrfach kennen gelernt: der wichtige Zählappell früh morgens und der Empfang der geringen, unzureichenden Verpflegungsstationen. Die Gefangenen bildeten untereinander kleine Interessengruppen, konnten in beschränktem Umfang auch Freizeitaktivitäten entwickeln. Beachtlich jedoch: Hier waren Arbeitsprogramme fast voll integriert. Täglich wurden einige Gruppen zu je dreißig oder vierzig Mann zur Schwerarbeit wie etwa dem Entladen von Kohlewagons per Handschaufeln abkommandiert. Ein unerfreulicher Job, kräftezehrend und nicht gerade geeignet, von schwach ernährten Lagerinsassen ausgeführt zu werden. So es nur eben ging, versuchte jeder, sich davor zu drücken. Was natürlich nur selten gelang.

Besser waren Arbeitskommandos, die, nach Bedarf angefordert, hinaus in die Landwirtschaft führten. Auf den Feldern unter freier Sonne beispielsweise Runkeln zu verziehen oder zu hacken und Unkraut herauszureißen, das war schon angenehmer. Und sofern der auftraggebende Bauer kein allzu starker Deutschen-Hasser war, sprang dabei auch mancher Zusatzbissen ab; gern wahrgenommene Ergänzung zum kargen Lageressen.

Und schließlich brachte darüber hinaus die Beschäftigung – wenn auch unter strenger Bewachung durch bewaffnete Soldaten – einen gewissen Ausgleich, ein wenig Kurzweil in das bittere Lagerleben hinter Stacheldraht.

Martin lavierte sich mehr oder weniger geschickt durch die Arbeitskommandos; gelegentlich war er auch für den Lager-Innendienst abgestellt. Dann hatte er im Verein mit einem Dutzend Kameraden von frühmorgens bis spätabends zentnerweise Kartoffeln zu schälen. Oder er war dem Beerdigungsdienst zugeteilt. Dort musste er so drei- oder viermal am Tag einen verstorbenen Soldaten auf einer zweirädrigen Karre hinausfahren. Etwas entfernt vom Lager war eine Art Friedhof entstanden. Dort buddelten die Bestatter ein Grab aus, hüllten den Leichnam in den Uniformmantel, erwiesen dem Verstorbenen eine letzte Ehre und begruben ihn.

Ein wenig Glück hatte Martin, als die Stadtwerke der polnischen Gemeinde für einen längeren Einsatz Elektriker suchten. Er war zwar erst Lehrling im zweiten Lehrjahr, aber als nach diesen Handwerkern gefragt wurde, war er schneller als seine Mitbewerber vorgepirscht und hatte diesen Job in einer Arbeitskolonne von nur fünf, sechs Facharbeitern für sich entschieden. Wenn nicht morgens auf dem Weg zur Arbeit und spät nachmittags nach Feierabend dieses blöde Lagertor, dieser furchtbare Stacheldrahtzaun gewesen wäre, man hätte es schon fast wie ein normales Arbeitsleben betrachten können. Denn diese Handwerker-Arbeitskolonne wurde nur von einem einzelnen polnischen Zivilisten bewacht, und der hielt sich meistens mit seinem geschulterten Gewehr im Hintergrund. Die Elektriker hatten mal Kabel zu verlegen, mal Licht- und Kraftanlagen zu errichten; es wurden Motoren und Aggregate aufgestellt und angeschlossen, kleine Anlagen in Betrieb genommen … Kurzum, es fielen alle möglichen Elektroarbeiten an, man konnte seinem Handwerk tatsächlich fast genauso nachgehen wie auf den heimischen Baustellen zu Haus. Und das Beste bei diesem »Stadtwerke-Kommando«, wobei Arbeiten auch öfters bei Privatleuten auszuführen waren: Hier sprangen noch häufiger als bei den Landarbeiten hochwertige Lebensmittel ab; neben Brot und gelegentlich etwas Wurst gab es auch schon mal ein richtiges Mittagessen. Und ein paarmal steckten ihm die Auftraggeber sogar Zigaretten zu. Damit konnte er dann auch seinen Stubenkameraden eine kleine Freude weitergeben.

Leider dauerte so ein durchaus schon ziemlich angenehmer Job nicht unbegrenzte Zeit. Irgendwann musste sich auch Martin wieder mit den normalen, teils viel zu schweren Arbeitseinsätzen zufriedengeben und ihm wurde wieder der Hunger, der Frust, das Eingeengtsein, die Unvollkommenheit des Lagerlebens voll bewusst. Und das alles stieß ihm bitter auf. Zwar brachten Vorträge, Kurse, Gesprächsabende, Singgruppen, religiöse

Veranstaltungen gelegentlich etwas Freude und Besinnung. Sie führten mitunter zu kurzen Momenten der Zufriedenheit. Dennoch, sie änderten nicht Grundsätzliches. Denn der Ist-Zustand, das waren nun einmal die ständige Bewachung, das Leben in Unfreiheit, die Gerüchte und Parolen, nach denen man zunächst Hoffnungen hegen konnte, die man dann allerdings meist wieder bitter enttäuscht begraben musste.

Der Ist-Zustand, das waren auch die unzureichenden sanitären, sozialen und pflegerischen Bedürfnisse: Mit einem Unterhemd und einer Unterhose war man noch gut dran; nicht wenige mussten selbst darauf verzichten. Gelegentlich konnte man diese meistens schon arg mitgenommene und verschlissene Unterwäsche wenigstens auch noch ein bisschen waschen und in der Sonne trocknen – was man so Waschen nennen mochte. Hose, Hemd, Uniformjacke und -mantel waren im gleichen Maße Tages-, Arbeits-, Freizeit- und Nachtbekleidung. Socken hatte man überhaupt nicht; die Füße wickelte man in sogenannte Fußlappen und steckte sie in die Schuhe. Mit dreißig, vierzig Zentimetern Bett-Pritschen-Anteil konnte man praktisch nur dicht an dicht auf der Seite liegen.

Und wie war das mit dem Ungeziefer? Nun, die Haare mussten sich die Woijna-Plenis schon gleich in den ersten Tagen der Gefangenschaft gegenseitig abschneiden und diese Prozedur wiederholte sich alle paar Wochen. So gab es dank der kahlgeschorenen Köpfe so gut wie keinen Läusebefall. Wanzen dagegen machten sich nichts aus kahlen Häuptern. Ihre Angriffsziele waren in der Nacht die ganzen Körper der eng an eng schlafenden Männer. Mit diesen lästigen, blutsaugenden Biestern mussten die Kriegs-gefangenen wohl oder übel leben. Man konn-te sie genauso wenig ausrotten, wie sich an ihr ständiges Dasein gewöhnen – wie ver-dammt unangenehm waren sie doch, diese ekligen nächtlichen Begleiter.

Spaziergänge, deren großen Nutzen man früher in Freiheit vielfach unterbewertet hatte – hier endeten sie zwangsläufig nach ein paar hundert Metern vor dem grausamen Stachel-drahtzaun. Und was die geistige Beschäfti-gung betraf: Kaum mehr vorstellbar, wie man sich fühlen würde, wenn man in oft langen Freizeiten ein richtiges Buch hätte lesen kön-nen.

Ach, man durfte gar nicht weiterdenken, die verflixte Einschränkung in allen Lebensbereichen, die machte schon zu schaffen.

Und immer wieder auch die bange Frage: Wie mochte es zu Haus ausgegangen sein, was hatte der verwünschte Krieg noch in der Heimat bewirkt? Wie erging es den Familienangehörigen, den Nachbarn, den Freunden? Ob sie wohl mit dem Leben davongekommen waren? Oder hatte der Einmarsch der alliierten Truppen noch große Opfer unter der Zivilbevölkerung gefordert? Und wie war es wohl mit ihrem Hab und Gut? Hatte der Artilleriebeschuss noch viele Häuser zerstört? Kam man unter militärischer Besatzung einigermaßen zurecht?

Ach, Fragen über Fragen. Und schließlich, was einen selbst betraf: Wann, wann endlich würde man dieses verruchte Lager verlassen können, wann endlich würde man wieder ein freier Mann sein?

Martin konnte gut die Gedanken, die Fragen, die Probleme von damals heute nachvollziehen. Und er erinnerte sich sehr gut, dass es für ihn und für seine Mitgefangenen der größte Wunsch gewesen war, dass so etwas nie wieder geschehen durfte. Dass Kinder, Enkel, Urenkel Zeit ihres Lebens von so einem abscheulichen Krieg, von der schrecklichen Kriegsgefangenschaft verschont blieben ... Und dafür, für den Frieden, für die Freiheit, für eine glückliche Zukunft, dafür lohnte es wohl zu arbeiten und zu kämpfen, dafür lohnte es, ein weiteres Leben einzurichten und sinnvoll zu gestalten.

Martin löste den Blick von den dahinsprudelnden Wellen der Oder, er hob den gedankenverlorenen Kopf und richtete sich auf. Hinter ihm, auf der Transitstrecke nach Polen, verstärkte sich langsam der Vormittagsverkehr. Er drehte sich um, lehnte sich für kurze Zeit mit dem Rücken an das Brückengeländer und sah den beiden Richtungen dahinfahrenden Autos und Lastwagen nach. Dann nahm er sein Rad, warf noch einmal einen letzten Blick auf den Grenzfluss, sah noch einmal über die Brücke hinweg nach Osten, nach Polen. Und schließlich schwang er sich in den Sattel, trat kräftig in die Pedale und fuhr nach Westen davon.